소녀라는
세계

소녀라는 세계

서해문집 청소년문학 036

초판 1쇄 발행 2025년 3월 14일

지은이   서연아
펴낸이   이영선

편집   이일규 김선정 김문정 김종훈 이민재 이현정
디자인   김회량 위수연
독자본부   김일신 손미경 정혜영 김연수 김민수 박정래 김인환

펴낸곳 서해문집 | 출판등록 1989년 3월 16일(제406-2005-000047호)
주소 경기도 파주시 광인사길 217(파주출판도시)
전화 (031)955-7470 | 팩스 (031)955-7469
홈페이지 www.booksea.co.kr | 이메일 shmj21@hanmail.net

ISBN 979-11-94413-26-4 43810

서해문집
청소년문학
036

소녀라는 세계

서연아 연작소설

서해문집

왜 깨끗하고 반질반질한 것들을 놔두고
상처 난 조개껍데기만 찾아 주웠는지 모르겠다.
그때의 나는 그랬다. 그냥, 그랬다.

한때 소녀로 살았던, 지금 소녀로 살고 있는 모든 이에게

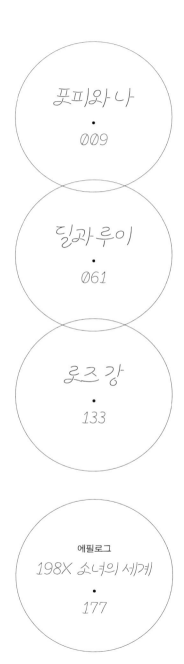

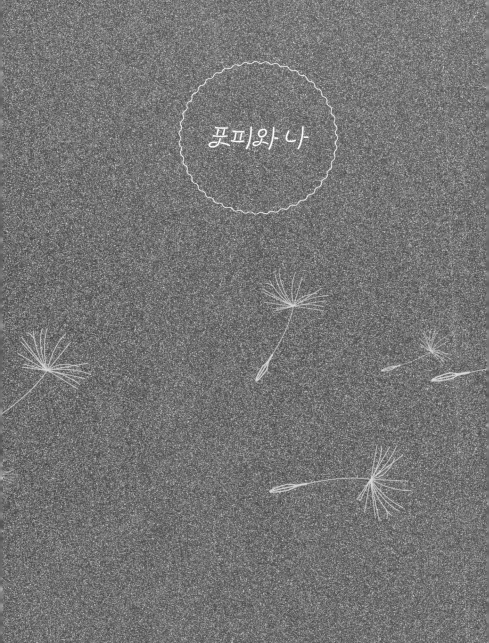

푸피와 나

"미카, 정말로 우리랑 같이 안 갈 거야? 거긴 나중에 가도 되잖아."

엄마는 기분이 좋아 보였다. 다니엘라 아줌마와 함께 살게 된 뒤로 엄마는 매일 기운이 넘쳤다. 1년 전이었으면 상상도 못 할 일이었다. 세상에, 엄마가 아침 여덟 시에 일어나서 옷을 갈아입었다. 몸을 떨지도 않고, 토하지도 않고, 반쯤 감은 눈으로 천장을 보지도 않는다.

"같이 가자. 일요 마켓에 들렀다가 킹스카페에서 아침 먹을 거야."

순간 크랜베리 잼을 얹은 팬케이크 생각에 군침이 돌았다. 킹스카페는 내가 세상에서 가장 좋아하는 장소였다. 야자수가 있는 야외 테이블, 바다에서 날아오는 소금 냄새, 커피와 초콜릿 냄새, 바람에 날린 머리카락이 사정없이 뺨을 때려도 기분

좋은 곳. 일곱 살 때 나는 처음으로 킹스비치 앞에 있는 그 카페에서 핫초콜릿을 마셨다. 추운 겨울이었고, 하늘은 온통 회색이었다. 슬리퍼를 신은 맨발엔 감각이 없었고, 이틀째 차고에 틀어박혀 나오지 않는 엄마가 걱정돼 죽을 지경이었지만 마시멜로를 넣은 핫초콜릿을 마시는 순간 나는 모든 걱정을 잊었다. 마시멜로가 입술에 닿을 때마다 짜릿했다. 야외에 있는 전기난로는 봄 햇살보다 따뜻했다. 나에게 그런 순간을 선사한건 포피였다. 포피 할머니가 없었다면 내게 유년의 기억은 짙은 회색으로 가득했을 것이다.

"비싸게 굴지 마. 우리 가족이 처음으로 함께 가는 나들이잖아."

엄마가 말했다. 나는 소리쳤다.

"누구 맘대로 가족이야! 우리가 왜 가족이야!"

내 진짜 가족은 포피뿐이라고. 정말로 하고 싶었던 말은 그거였다. 하지만 할머니 이름을 꺼내면 눈물이 쏟아질 것 같았다. 나는 입술을 깨물었다. 앨리의 손을 잡고 방에서 나오던 다니엘라 아줌마가 놀란 눈으로 우리를 쳐다보았다. 앨리는 고개를 푹 숙인 채 움츠렸다. 양 갈래로 머리를 땋으니 가뜩이나 작은 얼굴에 뾰족하게 솟은 귀만 더 커 보였다. 엘프가 되기에 완벽한 얼굴이었다. 앨리가 집에 온 지 일주일이 지났지만 나는 아직 그 애 목소리를 듣지 못했다. 며칠 전에 시험 삼아 "오렌지 주스 마실래?"라고 물었는데 앨리는 하얀 정수리를 보이며 고개를 저었다. 앨리는 나를 무서워하는 것 같았다. 하긴 그 애는 잘하려고 애쓰는 엄마한테 화를 내는 내 모습밖에 못 봤으니까. 앨리는 내게 엄마를 미워할 자격이 충분하다는 걸 모른다.

"한집에 같이 살면 가족이지. 뭐, 가기 싫으면 네 맘대로 해."

엄마가 씩씩거렸다. 나는 문을 쿵 닫고 나와 자전거에 올라탔다. 이제부터 하나뿐인 가족을 만나러 갈 참이었다.

나는 주택가에서 세 블록 떨어진 해변 도로로 내려갔다. 부활절 방학이 끝난 뒤라 관광객은 많지 않았지만 여전히 수영하는 사람들이 있었다. 해변 맞은편 커피클럽엔 아침 바다를 구경하며 토스트를 먹으러 온 노인들이 보였다. 둘째, 넷째 주 목요일엔 커피클럽에 가면 안 돼. 포피는 말했다. 연금 나오는 날이라 늙은이들로 미어터지거든. 포피는 웃으며 눈을 찡긋했다. 포피는 커피클럽이 아닌 킹스카페에 갔다. 지금 내가 포피를 만나러 가는 곳이 그곳이라면 얼마나 좋을까.

나는 해변 도로를 따라 북쪽으로 달렸다. 불콕비치와 해피밸리를 지나 킹스비치까지 십여 분을 달렸을 뿐인데 땀이 뚝뚝 떨어졌다. 산책 나온 개들도 하나같이 나처럼 헐떡거렸다. 가을치곤 몹시 더운 날이었다. 옷이 흠뻑 젖은 걸 보면 포피는 내가 수영이라도 하고 온 줄 알 텐데. 그런데 포피가 날 알아보기는 할까.

포피는 구급차에 실려 가는 동안 여러 번 발작을 일으켰다. 잔디깎이에 기름을 채워 넣다가 뇌졸중으로 갑자기 쓰러진 뒤 지난 2주 동안 면회가 허락된 사람은 포피의 가족뿐이었다. 큰딸인 캐런 아줌마는 포피가 최근 일을 기억하지 못하고 자꾸 엉뚱한 소리를 한다고 내게 말해주었다. 캐런 아줌마한테 왜 그렇게 늦었냐고 했단다. 포피를 간호하기 위해 급하게 시드니에서 날아온 캐런 아줌마는 우리 엄마보다 나이가 많았고, 키가 컸고, 치아가 놀랍도록 하얬다. 동생으로 보이는 여자와 포피의 집에서 나오는 모습을 몇 번 보긴 했지만 아줌마가 직접 찾아와 말을 건 건 어제가 처음이었다.

"네가 미카구나."

아줌마는 우리 집 우체통 위에 긴 팔을 걸쳤다. 얼굴이 무척 피곤해 보였다.

"엄마한테 네 얘기 들었어."

캐런 아줌마는 반들반들한 새 우체통을 쓰다듬었다. 빨강 줄무늬가 있는 흰색 우체통은 지난 주말에 엄마가 버닝스에서 사 온 것이었다. 그 전까지 거기엔 문짝이 떨어지고 찌그러진 우

포피와 나

체통이 있었다. 우리 집으로 오는 모든 우편물은 그 안에서 축축하게 젖거나 새똥 세례를 받았다. 한때는 그게 우리의 현실이었다. 축축하고 똥 같은 날들.

"스쿨 디스코에 널 데려다줘야 한다고 하더라."

"네?"

"그러게. 나도 무슨 말인지 모르겠어. 괜찮은 것처럼 보이다가도 갑자기 헛소리를 하셔."

아줌마는 어깨를 으쓱했지만 나는 포피가 무슨 이야기를 하는지 정확히 알았다. 벌써 6년 전 일이었다. 1학년이었고, 새 동네로 이사 온 지 두 달쯤 지났을 때였다.

그날 나는 학교가 끝나자마자 집에 돌아와 잠옷으로 갈아입고 엄마가 오기를 기다렸다. 1학년은 보호자가 있어야 강당에 입장할 수 있었다. 아침에 나는 침대에 누워 있는 엄마에게 티켓을 샀냐고 백 번도 더 물었다. 그래, 엄마는 대답하고 다시 이불을 뒤집어썼다. 무슨 일이 있어도 나는 스쿨 디스코에 가야 했다. 엄마를 기다리는 동안 뭘 좀 먹을까 싶어서 냉장고를 뒤졌지만 먹을 만한 게 하나도 없었다. 괜찮았다. 소피가 강당 앞에서 소시지와 음료수를 2달러에 판다고 가르쳐주었다. 소피의 말투로 보아 2달러는 비싼 게 아닌 모양이었다. 소피는 0학년 때 이미 가본 적이 있어서 스쿨 디스코에 빠삭했다.

"작년엔 '반짝반짝'이 주제였어. 반짝거리는 의상이나 장신구를 하고 가야 했는데, 이번 파자마 디스코가 더 재미있을 것 같아."

나는 내가 가장 좋아하는 위글스 잠옷을 입었다. 다섯 살 때부터 입어서 손목과 발목이 훤히 드러났지만 K마트에서 산 공룡 잠옷보다는 나았다. 디스코는 네 시 삼십 분에 시작이었고, 내 배꼽시계는 네 시가 넘었다는 걸 알려주었다. 나는 진입로로 나가 엄마를 기다렸다. 캐릭터 잠옷을 입은 아이들 한 무리가 골목을 지나갔다. 큰길에서 아이들이 신나게 달리는 소리가 들렸다. 나는 집으로 들어가 엄마 방의 옷장을 확인했다. 화장실 문도 열어봤다. 엄마는 가끔씩 그런 곳에서 기절한 듯 잠들 때도 있었으니까. 하지만 엄마는 없었다. 엄마의 빨간색 홀덴 자동차도 없었다. 나는 엄마에게 전화를 걸었다. 휴대 전화는 꺼져 있었다. 끝이었다. 끝이야. 다 끝났어. 소피는 이미 강당에 들어갔을 것이다. 그 애는 한 주 내내 스쿨 디스코 얘기만 했다. 소피는 페파피그 잠옷을 입고 보라색 도라 가방을 메고 올 거라고 했다. 소피는 지금쯤 다른 아이와 춤을 추고 있을지도 몰랐다. 내일부터 소피의 가장 친한 친구는 그 아이가 되겠지.

나는 집 밖으로 나갔다. 무작정 어둑해진 거리를 걷기 시작했다. 딱히 학교에 올 생각은 아니었는데 고개를 들어보니 학교 주차장이었다. 정문을 통과해 3학년 건물을 지나자 음악 소리가 시끄럽게 울렸다.

"늦었네. 벌써 시작했는데."

강당 앞에서 바비큐와 음료수를 정리하던 아줌마가 말했다. 바비큐 통에서 나는 소시지와 양파 냄새를 맡자 배가 사정없이 꼬르륵거렸다. 아침은 걸렀고, 점심으로 딱딱하게 굳은 피자 한 조각을 먹은 뒤로 아무것도 먹지 못했다. 나는 강당 입구로 다가갔다.

"거기 통 보이지? 티켓 그 안에 넣고 들어가."

아줌마의 말이 떨어지기 무섭게 나는 뒤돌아서서 도망쳤다. 벤치를 지나, 화장실을 지나, 3학년 건물을 지나, 정문을 빠져 나갈 때까지 계속 달렸다. 발이 걸려 넘어졌지만 누가 내 이름을 부를까 봐, 친구들이 나를 볼까 봐 벌떡 일어나서 다시 달렸다. 횡단보도를 건넌 뒤에야 나는 멈춰 섰다. 날은 완전히 어두워졌다. 음악 소리 같은 건 없었다. 까마귀 한 마리가 나무 위에서 깍깍 울었다.

나중에 나는 포피에게 그날의 이야기를 했다. 소피가 더 이상 나를 좋아하지 않는다고. 나는 스쿨 디스코에 가지 않았고, '책의 날'에 책 캐릭터 분장을 하지 않았고, '공주와 해적의 날'에 드레스를 입지 않았고, '웃긴 양말의 날'에 웃긴 양말을 신지 않았고, '미친 머리의 날'에 머리 장식을 하지 않았다. 그런 특별한 행사가 있는 날 더러운 교복을 입고 등교한 친구와 조회 시간에 나란히 서 있고 싶어하는 아이는 아무도 없었다.

내겐 어제처럼 생생한 기억이었지만 포피가 여전히 그 이야기를 마음에 담고 있을 줄은 몰랐다. 캐런 아줌마는 틀렸어. 포피의 기억력은 완벽했다. 나는 자전거 페달을 힘껏 밟았다. 포피는 며칠 전 병원에서 퇴원해 셸리비치가 내려다보이는 3층짜리 요양 시설로 옮겼다. 포피가 정말로 심각한 병에 걸렸다면 아직 병원에 있었을 것이다. 다 괜찮다. 나는 포피와 이야기하고 싶어 입이 근질근질했다. 다니엘라 아줌마가 드디어 딸을 데려왔어요. 앨리라는 아주 작은 아이예요. 말도 없고, 내 눈을 똑바로 쳐다보지도 않아요. 내가 무서운가 봐요. 엄마가 알뜰 상점에서 야외 테이블을 샀어요. 어제는 뒤뜰에 내놓은 그 테이블에서 저녁을 먹었어요. 엄마는 로스트 치킨을 구웠고, 다니엘라 아줌마는 코티지 치즈를 넣은 가든 샐러드를 만들었어요. 디저트로 냉동실에 있던 치즈 케이크를 해동해 먹었고요. 엄마와 다니엘라 아줌마는 무척 행복해 보였어요. 나는 화가 났어요. 엄마가 나한테 기타를 쳐보라고 자꾸 부추겼거든요. 나는 엄마 앞에서 기타 같은 걸 치고 싶지 않았어요. 나한테 중고 기타를 주면서 한번 배워보라고 말했던 사람은 포피였잖아요. 글쎄, 모르겠어요. 엄마가 행복해 보여서 그냥 화가 났나 봐요.

문제는 킹스비치부터 셸리비치로 가는 길이 죄다 오르막이라는 사실이었다. 아무리 페달을 밟아도 자전거는 제자리걸음이었다. 나는 도로를 벗어나 보도 옆 잔디밭으로 자전거를 끌고 갔다. 포피를 빨리 보고 싶었지만 쉬지 않으면 쓰러질 것 같았다. 잔디 언덕 아래로 드넓은 바다가 보였다. 바닷바람이 옷자락을 풀럭거리고 지나갔다. 한동안 포피와 나는 매일 이곳을 찾았다. 지금 노부부가 차지하고 있는 긴 벤치에 앉아 늦은 오후의 바다를 내려다보곤 했다. 커다란 바다수리가 까치들에게 쫓겨 도망가는 모습을 보고, 펠리컨이 낚싯배 주위를 기웃거리는 모습을 보고, 코스트코 컨테이너를 층층이 쌓아 올린 거대한 화물선이 브리즈번 항구 쪽으로 천천히 나아가는 모습도 보았다. 하지만 우리가 정말로 보려고 한 건 건 코럴과 샌디였다.

코럴과 샌디가 해변에 처음 모습을 드러낸 건 3월 초였다. 물속에서 시커먼 그림자가 떠오를 때까지만 해도 나는 해초 뭉치나 커다란 물고기인 줄 알았다. 그런데 몸통이 길고 매끈한 어미 돌고래가 파도를 가르며 나타나 빙글빙글 돌았다. 새끼도 곧 수면으로 떠올랐다. 그들은 함께 놀이터에 나온 아이들처럼 놀았다. 어쩌면 어미 돌고래가 먼 바다 여행을 앞둔 새끼를 훈

런시키는 중이었는지도 모르지만, 누가 봐도 코럴과 샌디는 즐거운 시간을 보내고 있었다. 그들은 정말이지 끊임없이 장난을 쳤다. 바로 몇 미터 옆에서는 서퍼들이 파도를 타고 있었다. 산책로에도 많은 사람이 오갔지만 해변에 있는 돌고래들을 발견하고 멈춰 선 사람은 아무도 없었다. 코럴과 샌디는 바다가 우리에게만 보내준 아주 특별한 선물이었다. 우리는 몇 주 동안 하루도 빠짐없이 그들을 보러 갔다. 어떤 날은 늦게 나타나기도 하고 어떤 날은 아주 잠깐 놀다 먼바다로 가버리기도 했지만 코럴과 샌디는 3월 내내 우리와 함께했다.

그즈음 학교는 최악이었다. 하루도 만만한 날이 없었다. 반에서 나 혼자만 소풍을 가지 못했고, 수영 강습비를 못 냈고, 각종 동의서에 사인을 받지 못했다. 점심시간엔 여전히 소피 옆에 앉았지만 소피는 말없이 샌드위치만 먹고 다른 아이들과 음악실로 가버렸다. 그래도 방과 후 코럴과 샌디를 보러 가면 기분이 풀렸다. "드넓은 바다가 다 네 건데 뭐가 걱정이야." 그들은 그렇게 말하는 것 같았다. 내겐 바다가 있었다. 포피가 있었다.

나는 잔디밭에서 일어나 자전거를 끌고 산책로를 따라 걷기 시작했다. 바닷바람을 정면으로 맞았더니 눈이 까끌까끌했다. 목이 탔다. 2주 만에 포피를 만나러 가는 길인데 포피보다 몸

상태가 안 좋으면 정말 웃길 것이다. 간밤엔 포피 생각을 하느라 잠을 설쳤다. 포피가 어떤 모습을 하고 있을지 상상했다. 환자복을 입고 있을까. 수술 때문에 머리를 빡빡 밀었을까. 나를 보고 눈물을 흘릴까.

포피는 잠을 자고 있었다. 병실이라기보다는 침실에 가까운 방이었다. 방문객들이 앉아서 차를 마실 수 있는 소파와 테이블이 있고, 작은 책장도 있었다. 노란색과 하얀색으로 칠해진 벽에는 커다란 산호섬 그림이 걸려 있었다. 나는 침대에 누워 있는 포피를 한 번도 본 적이 없었다. 생각해보면 이상한 일이었다. 서로 6년 넘게 알았지만 내 기억에는 포피가 감기를 앓았던 적도 없으니까. 서재에 앉아 꾸벅꾸벅 조는 모습을 본 게 그나마 가까운 기억이었다. 나는 포피의 나이를 의식한 적이 한 번도 없었다. 포피는 걸핏하면 아프다고 도움을 청하거나 제발 내버려두라고 소리 지르는 엄마와 달랐다. 내가 유일하게 믿고 기댈 수 있는 건강한 어른이었다. 이불 밖으로 삐져나온 포피의 손목이 앙상했다. 안경을 쓰지 않은 얼굴엔 주름이 가득했다. 짧게 자른 머리가, 염색을 안 한 흰머리가 낯설게 느껴졌다. 웬일인지 포피를 만날 수 없었던 때보다 이렇게 가까이 있는 지금 이 순간에 포피가 더 멀게 느껴졌다.

포피가 눈을 떴다. 포피는 문 옆에 뻘쭘하게 서 있는 나를 보더니 천천히 팔을 뻗어 안경을 집었다. 포피는 녹색 버튼을 눌러 침대머리를 올렸다. 포피는 내게 가까이 오라고 손짓했다.

"그냥 쓰러지다니, 이게 웬 바보 같은 짓이니."

포피가 말했을 때 나는 너무 안도해서 주저앉을 뻔했다. 내가 알던 포피의 말투 그대로였다. 포피는 지금의 이런 상황도 "바보 같은 의자에 걸려 넘어졌지 뭐니." 정도로 느끼게 만드는 재주가 있었다.

"일어나시게요?"

나는 포피가 몸을 뒤척이는 걸 보고 물었다.

"일어나실 수 있어요?"

"나 아직 안 죽었다. 밖에 나가자."

"저거 가지고 올까요?"

나는 문 옆에 놓인 휠체어를 가리켰다.

"필요 없어. 그냥 부축만 해주면 돼."

포피는 복도에서 마주치는 노인들과 인사를 했다. 컨디션이 정말 좋아 보인다는 말을 들을 때마다 포피는 "왜 아니겠수"라고 대답했다.

우리는 천천히 건물을 나왔다. 커피와 간식거리를 파는 야외 매점으로 갔다. 포피는 늘 마시던 카푸치노를 시켰고, 나는 아이스크림과 휘핑크림이 들어간 아이스커피를 시켰다. 커피를 들고 돌로 된 경사로를 올라가 테라스에 앉으니 셸리비치가 내려다보였다. 썰물 때라서 바위들이 훤히 드러났다. 셸리비치 해변 북쪽은 거친 모래밭이지만 남쪽은 바위 밭이었다. 지금쯤 바위 웅덩이엔 작은 물고기들이 잔뜩 갇혀 있을 것이다. 예전의 우리였다면 당장 밑으로 내려가 소라나 해삼, 스톤피시 같은 걸 보며 즐거워했을 텐데. 도요새들도 먹잇감을 찾아 해안가를 어슬렁거리고 있을 것이다. 그 새들 중엔 시베리아나 중국이나 알래스카에서 날아온 것도 있다고, 언젠가 포피가 알려주었다. 그때 나는 새들처럼 맘껏 날아다닐 수 있다면 얼마나 좋을까 하고 생각했다. 집과 학교를 벗어나 돌고래처럼 바닷속을 헤엄치고, 도요새처럼 바다 위를 날 수 있다면.

포피의 왼손이 탁자를 쳤다. 커피잔을 집으려다가 힘없이 떨어진 것이다. 포피는 오른손으로 커피잔을 들곤 학교는 어떠냐고 물었다.

"괜찮아요."

나는 초등학교 때처럼 온종일 같은 교실에 같은 아이들과 앉아 있는 대신 과목마다 다른 교실을 찾아가는 고등학교 방식이 마음에 들었다. 새로 사귄 친구 마히나와 운 좋게도 네 과목을 함께 들을 수 있었다. 우린 둘 다 과학을 좋아했다.

"지난주에는 스타랩이라는 곳에서 학교로 찾아왔어요."

꽁지머리를 한 강사가 이동식 천체투영관을 가지고 한 시간 동안 지구와 달과 태양에 대해 설명했다. 옛날에 미국 원주민들이 지어냈다는 우주 탄생 이야기도 곁들였다. 신화가 재미있긴 했지만 난 과학적인 설명이 더 좋았다. 과학은 사람들이 지어낸 이야기보다 솔직하고 단순했다.

"저 학교 네트볼 팀에도 가입했어요."

"네트볼 팀에? 너처럼 작은 아이가 말이냐?"

"이젠 반에서 중간쯤은 되는데요. 작년에 11센티 컸잖아요."

"그래, 그렇구나. 그래."

포피는 커피를 마시려다가 내려놓고선 목걸이를, 더 정확히는 목걸이 줄에 걸린 반지를 만지작거렸다. 내가 다이아몬드 반지에서 눈을 떼지 못하는 걸 보고 포피가 말했다.

"내가 캐런한테 가져와달라고 부탁했어."

"그 반지, 싫어하시는 줄 알았어요."

포피는 분명히 그 반지를 싫어했다. 설마 그 사실까지 잊은 걸까.

"이젠 괜찮아지기로 했다. 아니, 정말로 괜찮아졌어."

"어떻게요?"

"이 반지는 제프가 나를 가장 사랑했을 때…."

"그건…."

"그 일을 완전히 잊었다는 게 아니야. 그저 제프와 있었던 다른 모든 일들까지 그 일로 덮어버리고 싶지 않은 거야."

포피가 내게 그 일에 대해 말해준 건 작년이었다. 그동안 수없이 많은 이야기를 주고받았지만 포피의 남편에 대해 들은 건 그때가 처음이었다. 포피는 아마 내가 너무 어리다고, 엄마만으로도 문제가 차고 넘친다고 생각했을 것이다. 포피의 이야기는 내게 큰 충격이었다. 포피가 그런 일을 겪었을 줄은 몰랐다. 그날 이후로 나는 마음의 지옥을 오가면서 동네 꼬마에게 핫초콜릿을 사준 포피에게 더 고마움을 느꼈다. 포피를 더 사랑하게 되었다.

"이 반지에 박힌 다이아몬드에 대해 이야기해줬던가?"

포피는 무슨 생각이 났는지 혼자 웃었다.

"스물한 살 생일 선물로 받은 거라고, 그래서 작은 다이아몬드가 스물한 개 있다고 하셨잖아요."

"흐응."

반지는 베트남에 파병 가 있던 제프가 소포로 보낸 것이었다. 그때 제프는 군에서 3일 휴가를 받았는데 그 짧은 시간에 호주에 올 수가 없어서 대신 싱가포르로 갔다. 혼자서 술을 마시다가 곧 임신한 아내의 생일이라는 사실을 떠올렸고, 그 길로 비틀비틀 보석상을 찾아가 이 특별한 반지를 주문했다. 포피는 그 반지를 좋아한 적이 없었다. 형편에 맞지 않는 사치품이었기 때문만은 아니었다. 반지는 6개월간의 파병 기간이 끝나고 집으로 돌아온 제프의 모습을 떠올리게 했다. 제프는 파병 기간이 끝나자마자 군대를 나왔다.

이제 그는 폭탄 설치반이 아닌 호텔 세탁소에서 일하는 젊은이가 되었다. 하지만 일요일 오후의 산책과 농담 따먹기를 좋아했던 예전의 평범한 젊은이는 아니었다. 그는 불면증에 시달렸고, 매일 밤 술과 다량의 수면제를 삼켜야만 잠자리에 들 수 있었다. 아기가 우는 소리를 못 견뎌했다. 자면서도, 잠에서 깨어서도 자주 화를 냈다. 탁 트인 공공장소에 대한 불안감이 심해서 식당에서는 반드시 벽을 등지고 앉아야만 음식을 먹을 수 있었다. 전쟁은 포피가 알던 제프를 완전히 앗아가버렸다. 젊음이, 아이들이, 헤쳐 나가야 할 산더미 같은 과제들이, 연애하던 시절의 추억이 없었다면 포피는 결혼 생활을 유지하지 못했을 것이다. 그들은 미친 듯이 싸우고, 울고, 화내고, 사랑하고, 평범한 사람들보다 조금 더 많은 우여곡절을 겪으며 함께 버텼다. 나이가 들수록 인생의 굴곡도 완만해졌다. 아이들은 컸고, 대출금은 다 갚았고, 새벽에 일하러 가지 않아도 꼬박꼬박 연금이 들어왔다. 그들의 과거는 더 이상 그들을 괴롭히지 않았다. 포피는 이것도 꽤 나쁘지 않은 인생이라고 생각했다. 그리고 그일이 벌어졌다. 포피를 완전히 무너지게 한 사건이.

포피는 식어서 거품이 오른 커피를 한 모금 마셨다.

"제대한 지 얼마 안 됐을 때 나는 제프를 끌고 동네에 있는 보석상을 찾아갔어. 다이아몬드가 진짜인지 아닌지 알아보려고 말이야."

포피가 씩 웃었다.

"그때 제프 얼굴을 봤어야 했는데. 어찌나 긴장을 하던지 다시 전쟁터에 끌려가는 사람처럼 보였다니까. 후훗."

가게 주인은 세공이 잘된 건 아니지만 진짜 다이아몬드가 맞다고 했다. 포피는 너무나 안심하던 제프의 표정을 기억했다. 제프는 모든 말썽에 대한 대가를 치르고 자신감을 되찾은 어린애 같았다.

"그러니까 이 반지엔 그런 순간들도 있었던 거야."

정말 그럴까? 나는 포피가 진심으로 그렇게 생각하는지 궁금했다. 포피의 삶은 바닥을 쳤다. 포피는 평생 살았던 시드니에서 도망치듯 이곳으로 이사 왔다. 그 반지를 선물한 제프가 그렇게 만들었다.

포피는 커피잔을 만지작거렸다. 눈을 가늘게 뜬 채 햇살과 바람을 느끼고 있는 포피는 무척 편안해 보였다. 그래도 나는 포피가 여전히 그 악몽 같은 시간을 잊지 않았다는 걸 안다. 아무리 젊은 시절의 자잘한 추억들을 불러낸다 해도 변하지 않는 사실이었다. 옆 테이블에 사람들이 앉으며 의자 끌리는 소리가 났다. 포피가 감았던 눈을 떴다. 포피는 마치 낯선 곳에 떨어진 사람처럼 굳은 얼굴로 주위를 두리번거렸다.

"포피?"

포피의 시선이 바로 앞에 있는 나를 찾아 헤맸다. 나는 포피를 한 번 더 불렀다. 그제야 나와 눈이 마주친 포피가 긴장을 풀었다.

"휠체어….”

"네?"

"휠체어 좀 갖다주겠니?"

포피가 인상을 찌푸렸다.

"괜찮으세요?"

포피는 아파 보였다. 일 분 전만 해도 괜찮았지만 포피는 지금 숨 쉬기도 힘든 것처럼 보였다. 나는 재빨리 돌계단을 내려갔다. 건물 안으로 달려가 맨 처음 눈에 띈 빈 휠체어를 몰고 카페로 돌아갔다. 사람들이 포피를 둘러싸고 서 있었다. 분홍색 유니폼을 입은 여자가 "일어나실 수 있겠어요?"라고 말하며 포피를 부축했다가 안 되겠다고 생각했는지 다시 의자에 앉혔다. 나는 눈물이 날 것 같았다. 포피의 바지가 젖어 있었다.

끔찍한 일이 일어나고 있어. 집에 돌아오는 길, 나는 계속 자전거 페달을 밟았다. 내리막길에 이른 자전거가 속도를 주체하지 못하고 비틀거렸다. 눈앞이 흐려졌다. 바닷바람이 젖은 얼굴을 때렸다. 간호사는 익숙한 손길로 포피를 침대에 눕히고, 옷을 갈아입히고, 링거액을 바꿔 끼웠다. 간호사는 깊이 잠든 포피를 보며 내게 말했다.

"괜찮은 것 같아도 일시적인 착각일 뿐이에요. 오늘처럼 무리하시면 안 돼요."

나는 그제야 캐런 아줌마가 왜 그렇게 우울해 보였는지, 아줌마의 여동생이 왜 화를 내면서 뉴사우스웨일즈로 돌아갔는지 깨달았다. 포피는 완쾌되었기 때문에 퇴원한 게 아니었다. 포피는 결과를 장담할 수 없는 뇌종양 수술과 치료를 거부하고 요양 시설로 들어온 것이었다.

"어, 어어!"

나는 도로에 떨어진 2미터 길이의 야자수 잎을 보지 못했다. 콘크리트 바닥에 무릎을 찧는 순간 아찔한 통증이 일며 눈앞이 깜깜해졌다. 나는 반사적으로 벌떡 일어섰다가 다시 주저앉았다. 자전거 핸들을 붙잡으려고 했지만 내가 잡은 건 허공이었다. 뒤에서 소형차 한 대가 비상등을 켜고 멈춰 섰다. 운전석에서 자그마한 체구에 곱슬머리를 한 여자가 나왔다. 나는 여자의 입을 멍하니 바라보다가 뒤늦게 말을 알아들었다.

"괜찮아요? 많이 다쳤어요?"

뒷좌석 카시트에서 여자와 똑같이 생긴 아이가 놀라 입을 벌린 채 창밖을 내다보고 있었다. 여자는 나를 부축해 갓길 옆 잔디밭에 앉혔다. 체인이 빠진 자전거도 내 옆으로 옮겨주었다. 도로 위에 있던 운전자들이 여자의 차를 피해 천천히 돌아가며 우리를 보았다.

"피가 많이 나는데. 집에 전화할래요?"

나는 고개를 저었다. 여자는 차로 돌아가 생수 한 병과 구급상자를 가져오더니 물로 상처를 씻고 거즈를 대주었다.

"정말로 괜찮겠어요?"

나는 괜찮다고, 집이 바로 이 근처라고 대답했다. 여자는 떠나기 전에 데려다주지 않아도 되겠냐고 몇 번이나 물었다. 여자가 갔다. 뒷좌석에 앉은 아이가 입에 물고 있던 손을 빼 흔들었다. 나도 손을 흔들어주었다. 문득 저 아이가 부러웠다. 저 애는 차에 생수와 구급상자를 싣고 다니는 엄마가 있어. 저 애는 나랑은 달라. 내겐 그런 엄마가 없었기 때문에 이런 나쁜 일들이 벌어지는 것 같았다.

새 동네로 이사 와 학교에 가는 첫날, 내가 코피를 흘렸을 때 엄마 차에는 아무것도 없었다. 나는 교복을 더럽히지 않으려고 손으로 코를 움켜쥐고 있었다. 손가락 사이로 핏방울이 떨어지자 엄마가 엑셀을 밟으며 소리쳤다.

"집에 돌아갈 시간 없어. 왜 이렇게 말썽이야."

엄마는 1학년 교실 앞에 나를 데려다 놓고서는 도망치듯 학교를 떠났다. 엄마에겐 새 선생님을 만나는 일보다 아홉 시에 퀸즈스트리트 공원에서 마약상과 만나기로 한 약속이 더 중요했다.

그날 오후에 엄마는 나를 데리러 학교에 오지 않았다. 나는 같은 반 아이의 뒤를 따라 무작정 교문을 나섰다. 아침에는 다른 문으로 왔다는 걸, 후문 주차장에서 십오 분만 걸으면 집이 나온다는 사실을 알 리가 없었다. 나는 큰길을 따라 걸었다. 사거리가 나올 때마다 보행 신호등이 가장 먼저 켜진 도로를 건넜다. 자동차 소리가 들리면 혹시 엄마인가 싶어서 뒤돌아보았다. 처음 보는 공원 놀이터에서 아이들이 노는 모습을 구경했다. 자동차 수리점과 타일 가게와 아웃도어용품점을 지났다. 한참을 걷다 보니 종아리가 끊어질 것 같았다. 나는 완전히 낯선 곳에 있었다. 아무 생각 없이 걷고 또 걸었다. 그러다가 길 건너편에서 눈에 익은 빨간 간판을 보았다. 며칠 전 엄마와 함께 장을 보러 갔던 식료품점이었다. 우리는 그곳에서 냉동 햄버거와 냉동 피자와 우유를 샀다. 햄버거 생각을 하자 배가 고팠다.

나는 식료품점 출입문 앞에 있는 벤치에 앉았다. 여기가 내가 있어야 할 자리라고, 엄마가 올 때까지 여기서 꼼짝하지 않겠다고 결심했다. 시간이 얼마나 지났는지 모르겠다. 앉아서 깜빡 졸았던 것 같다. 눈을 떠보니 한 할머니가 말을 걸고 있었다. 어디서 본 적이 있는 얼굴이었다.

"여기서 혼자 뭐 하고 있니?"

"엄마 기다려요."

"엄마는 지금 어디 있는데?"

갑자기 눈물이 핑 돌았다. 나는 왜 자꾸 엄마를 잃어버리는 걸까. 사람들이 휴지와 통조림 따위가 잔뜩 담긴 쇼핑 카트를 끌고 지나갔다. 할머니 목소리가 다시 들렸다. 저 목소리…. 아, 할머니를 어디서 봤는지 기억났다. 나는 얼굴이 뜨거워져서 고개를 푹 숙였다. 며칠 전 이곳에서 킷캣을 훔치다가 저 할머니에게 들켰던 것이다. 전에 살던 동네에서 나는 프레도를 그냥 집어 오곤 했다. 엄마는 우유를 비싸게 파는 가게니까 개구리 초콜릿 같은 건 하나씩 가져와도 된다고 했다.

"나라면 그런 짓 안 할 거다."

할머니는 내 어깨에 손을 얹고 조용히 속삭였다. 무섭고 창피했다. 나는 킷캣을 내려놓고 말아 피우는 담배를 사기 위해 계산대 앞에 서 있는 엄마에게 달려갔다. 다시는 이 할머니와 마주치고 싶지 않았는데.

"엄마는, 어… 집에 있어요."

포피가 한숨을 쉬었다. 포피는 뭐라고 혼잣말을 중얼거리더니 손을 내밀었다.

"집으로 가자."

내가 머뭇거리자 포피가 다시 말했다.

"집에 데려다줄까? 아니면 경찰서에 데려다줄까?"

나는 포피의 차에 올라탔다. 포피는 내 이름을 몰랐지만 내가 언제 자기 동네로 이사 온 아이인지는 알고 있었다. 나중에 알게 된 사실이지만 우리가 이사 간 집은 꽤 유명했다. 가족 간에 칼부림이 벌어져 한동안 팔지도, 세를 주지도 못하는 집이었기 때문이다.

"그래, 너희 엄마는… 그러니까, 참… 너처럼 어린애를, 휴우…."

포피는 가는 길 내내 운전대를 톡톡 두드렸다. 나는 포피가 준 트윅스를 먹었다. 어쩌면 포피는 아주 많이 무서운 사람은 아닐지도 몰랐다.

포피는 세상에서 가장 좋은 사람이었다.

체인이 빠진 자전거를 차고에 두고 절룩거리며 안으로 들어가자 엄마는 깜짝 놀랐다.

"세상에, 넘어진 거야? 차랑 부딪힌 건 아니지?"

나는 냉장고에서 물을 꺼내 마셨다. 그러고는 곧장 욕실로 들어갔다. 거즈를 떼어내니 상처가 생각보다 깊었다. 엄마가 욕실 문을 두드렸지만 무시했다. 따뜻한 물이 피부에 닿자 몹시 쓰라렸다. 나는 뜨거운 물을 더 세게 틀었다. 아프라고, 그냥 될 대로 되라고.

엄마가 대청소를 한 모양이었다. 내 방이 완전히 깨끗해졌다. 이불도 주름 하나 없이 정리되어 있었다. 엄마는 요즘 모팟 비치 앞에 있는 호텔에서 하우스키퍼로 일했다. 울워스 계산원, 바 종업원, 신발 판매원, 자선기금 모금원 등 엄마가 거쳐온 수많은 직업 중에 6개월을 넘긴 건 이번이 처음이었다. 엄마는 청소 일이 마음에 드는지 샤워부스에 낀 물때나 카펫 얼룩에 뿌리는 스프레이에 대해 다니엘라 아줌마와 즐겁게 대화를 나누기도 했다. 청소하는 엄마, 아침에 일어나는 엄마, 커피를 사는 엄마, 버닝스에 가는 엄마. 엄마는 이렇게 달라질 수 있었다. 진작 그랬더라면. 나는 상처가 닿지 않도록 조심스럽게 이불을 덮고 누웠다. 베개에서 은은한 딸기 향이 났다. 어렸을 적 축축한 베개에서 나던 땀 냄새가 떠올랐다. 그때의 기억은 늘 내 머릿속을 맴돈다.

"어쩌다가 그런 거야?"

엄마가 방문을 붙잡고 서서 물었다.

"넘어졌어."

"약 줄까? 파나돌 있는데."

"됐어. 다들 어디 갔어?"

"다니엘라는 앨리 데리고 산책 나갔어. 그 애는 음, 자기 엄마랑 친해질 시간이 좀 필요한 것 같아. 아직 어색한가 봐. 둘이 오래 떨어져 있었으니까. 그 어린 게….”

엄마는 말을 하다 멈추었다. 자신 또한 다니엘라와 다르지 않았다는, 나 역시 앨리처럼 어렸다는 사실이 생각났을 것이다.

"그 끔찍한 양말은 뭐야?"

"이거?"

엄마는 웃었다.

"앨리가 좋아하는 < 블루이 > 캐릭터야. 우리 한 켤레씩 다 샀어. 네 것도 서랍에 넣어놨는데. 포피는 어때? 나도 다음 주에 한번 가보려고.”

"엄마가 왜?"

"그야 포피가 걱정되니까. 옛날에 너한테 잘해줬는데."

"문 닫아줘. 나 잘 거야."

나는 머리끝까지 이불을 뒤집어썼다. 엄마가 포피에 대해 하는 말을 참아줄 수가 없었다. 포피는 그저 친절한 이웃집 할머니가 아니었다. 포피는 내 삶의 전부였다. 어린 내가 살기 위해 악착같이 붙잡았던 유일한 사람이었다. 엄마는 포피에 대해 말할 자격이 없다. 엄마는 포피와 내가 무슨 일을 겪었는지 이해하지 못한다.

"너랑 나는 잘 견뎠어."

작년 크리스마스 즈음에 포피가 말했다. 나는 포피가 또 엄마 얘기를 하는 거라고 생각했다. 오랜 시간이 걸렸지만 엄마는 결국 돌아왔고, 어떻게든 자기 자리를 찾으려고 노력하는 중이었다. 하지만 포피는 제프 이야기를 했다. 제프의 마지막이 어땠는지, 그 순간이 얼마나 끔찍했는지. 제프와 함께했던 50년의 세월이 그런 식으로 끝났을 때 포피는 창피하고, 미안하고, 억울하고 또 화가 나서 미칠 것 같았다고 했다. 정말 그랬어. 포피는 말했다.

그 일이 벌어지기 1년 전 제프에게 고엽제 후유증이 나타났다. 왼쪽 귀에 종양이 생겼고, 암세포는 왼쪽 팔에까지 번졌다. 수술과 항암 치료를 받는 동안 제프는 치매 증세를 보이기 시작했다. 지켜보는 사람들이 정신을 못 차릴 정도로 빠르게 무너졌다. 제프는 아이처럼 혼란스러워했고, 그 혼란을 포피를 향한 폭력으로 해결하려고 했다. 제프가 멀쩡할 때는 기억이 과거에 머물 때뿐이었다. 제프는 열여섯 살인 포피와는 아무 문제가 없었다. 하지만 나이 든 포피와 성인이 된 딸들에게는 심한 거부감을 보였다.

그 일이 벌어졌을 때, 포피는 장을 보러 가기 위해 차고로 향하고 있었다. 포피는 아침에 제프가 수영장 옆에 있는 창고로 들어가는 걸 보았다. 컨디션이 좋은 날이면 제프는 하루 종일 창고에 틀어박혀 오래된 책을 뒤적거리거나 뭔가를 만들었다. 포피는 그날 제프의 컨디션이 아주 좋은 것 같다고 생각했다. 제프가 창고에 있을 때 얼른 장을 보고 돌아올 작정이었다. 그런데 수영장 쪽에서 갑자기 엄청난 굉음이 났다. 검트리가 쓰러졌다. 진작에 뽑아버렸어야 할 나무가 드디어 일을 낸 것이다. 제프, 제프는…. 보험사에 연락해야 해. 제프는 괜찮을 거야. 구급차를 불러야겠어. 지난주에 보험 갱신을 했던가. 제프가 다쳤으면 어떻게 하지. 여러 생각이 포피의 머릿속에서 거품처럼 터졌다. 포피는 집 안으로 달려가다가 제프의 지팡이를 밟고 미끄러져 바닥에 머리를 세게 부딪혔다.

검트리는 멀쩡했다. 쓰러진 건 검트리가 아니라 창고 건물이었다. 작업대 밑에 널브러진 제프의 시신은 마치 화상을 입은 사람 같았다. 특수 형사들이 병원으로 찾아와 포피를 심문했다. 그들은 제프가 창고에서 무엇을 하는지 알았냐고 물었다. 세상에, 그걸 알았냐고? 포피는 제프가 폭발물 같은 걸 만들고 있으리라곤 상상도 못 했다. 제프도 마찬가지였다. 수십 년 전에 군대에서 배운 기술을 재현하면서도 제프는 자신이 무엇을 하고 있는지 전혀 알지 못했을 것이다. 포피는 제프가 제대 후 어떤 트라우마에 시달렸는지 형사들에게 이야기하고 싶었다. 제프 때문에, 아니 제프를 전쟁터로 보낸 정부 때문에 온 가족이 어떤 상처를 입었는지 말하고 싶었다. 하지만 형사들의 표정을 보고 포피는 입을 다물었다. 포피는 죄인이었다. 제프는 자기 목숨뿐 아니라 창고와 맞닿은 담벼락에서 모래놀이를 하던 옆집 꼬마의 고막도 날려버렸다. 제프는 온 동네를 날릴 뻔했다.

포피는 신문 기자와 사람들의 시선을 피해 선샤인코스트의 작은 마을로 이사 왔다. 상담 치료를 받았다. 수면제, 항불안제, 항우울제, 소화제, 두통약을 복용했다. 자다가 깨면 소리를 지르거나 흐느껴 울었다. 새벽이든 한밤중이든 숨이 막힐 때마다 바닷가로 나갔다. 걸핏하면 길을 잃고, 아침을 굶고, 학교에 가져갈 준비물을 챙기지 못하는 동네 꼬마를 만났다.

우리는 잘 견뎌냈어.

우리는 그 악몽 같던 시간을 함께 버텼다. 나도 알아요, 포피. 그러니까 지금은 안 돼요. 우리 행복해져야 하잖아요. 이제 포피는 내가 도시락을 안 싸 갔을까 봐, 깨끗한 교복이 없을까 봐, 친구들에게 놀림받을까 봐 걱정하지 않아도 돼요. 같이 산책하고, 돌고래를 보고, 킹스카페에서 팬케이크를 먹고, 도서관에 가요. 금요일엔 불콕비치에 있는 바에서 감자튀김을 먹으면서 밴드가 연주하는 음악을 듣고요. 셀리비치에 갓 부화한 붉은바다거북들도 보러 가야 하잖아요. 새끼 거북들이 무사히 바다에 도착할 수 있게 우리가 못된 갈매기들을 쫓아줘요. 포피, 제발….

나는 태어나서 두 번째로 기도했다. 내가 할 수 있는 일은 그것뿐이었다. 울면 안 된다고, 오늘 포피는 단호하게 말했다. "평소처럼 굴겠다고 약속하면, 그러면 다시 와도 좋아." 나는 병에 대해 말하지 말아야 하고, 걱정하거나 슬픈 얼굴을 하지도 말아야 한다. 포피를 계속 만나려면 포피가 죽어가는 걸 모른 척해야 한다는 뜻이었다. 포피다웠다. 그 고집불통 노인은 자신이 한 선택을 후회 없이 밀고 나갈 것이다. 신이 어딘가에 있다면, 내 말에 귀를 기울인다면. 포피가 낫게 해주세요. 포피는 죽으면 안 돼요. 난 아직 준비가 안 됐단 말이에요. 신은 내 첫 번째 기도를 들어주지 않았다. 그러니 이번엔 반드시 들어줘야 했다.

현관문이 열리고 다니엘라 아줌마와 앨리가 들어오는 소리가 들렸다. 엄마가 그들을 반갑게 맞았다. 텔레비전이 켜졌다. 앨리가 또 <블루이>를 보나 보다. 나도 <블루이>는 알고 있다. 앨리가 <기글 앤드 후트>를 알까? 날은 어두워지고, 집에는 아무도 없고, <기글 앤드 후트>는 끝나가고. 마침내 지미 기글이 노란 잠옷을 입고서 "잘 자. 우리 내일 아침에 보자!" 하고 손을 흔들면 나도 손을 흔들고는 혼자서 침대로 들어가곤 했다. 밖에서 다니엘라 아줌마와 엄마가 즐겁게 수다를 떨었다. 공원에, 날씨가 좋아서, 사람들이, 앨리는 애들이랑 놀이터에서, 정말 그러면, 호호호, 오늘 저녁은, 키시 파이, 베이컨이랑 버섯이…. 내 세상은 끝나고 있는데 둘은 아무 일 없는 것처럼 일상적인 대화를 나누었다. 불공평하다. 벌을 받아야 하는 사람은 포피가 아니라 저 두 사람이다.

목요일은 두 시 반에 수업이 끝나는 날이다. 한 손엔 세븐일레븐 슬러피를, 다른 손엔 자전거 핸들을 잡고 마히나와 함께 도서관으로 갔다. 그곳에서 일하는 마히나의 엄마가 제이 타일스의 신간이 들어왔다고 알려주었기 때문이다. 포피는 타일스의 범죄 소설에 푹 빠져 있었다. 살인 사건과 유머와 로맨스가 조합된 그녀의 소설에서는 피해자가 너무 심하게 당하지 않고, 나쁜 놈들은 죄다 붙잡히며, 조연들은 사랑에 빠진다. 원래 이러면 안 되는데, 하면서 마히나 엄마는 구석에 숨겨두었던 책을 슬쩍 건넸다. 마치 불법 무기라도 거래하는 사람처럼 주변 눈치를 살피면서. 나는 작고, 소심하고, 젊은 마히나의 엄마가 좋았다. 아줌마는 화장기 없는 얼굴에 검은 생머리를 늘 하나로 묶고 다녔다. 모녀가 팔짱을 끼고 쇼핑을 가면 사람들은 둘을 자매로 착각하곤 했다. 그때마다 마히나가 나서서 "엄마가 10학년 때 저를 낳았거든요" 하고 오해를 풀어주었다. 나는 새 책 냄새가 나는 소설을 들고 요양 시설로 갔다가 포피가 인근 병원 응급실에 실려 갔다는 소식을 들었다. 안내 데스크에 책을 맡기고 집에 가는 길에 다시는 신에게 기도하지 않겠다고 맹세했다.

결국 폭발하고 만 건 조개껍데기 때문이었다. 아니다. 엄마 때문이다. 집에 도착했을 때 엄마는 뒤뜰에서 앨리와 모래놀이를 하고 있었다. 둘이 만든 모래성에 앨리가 조개껍데기를 박아 넣었다.

"저거 내 방에서 가져온 거야?"

목소리가 떨렸다.

"응. 앨리가 심심해하길래 내가…."

"왜 남의 물건을 함부로 뒤져?"

"뒤진 거 아니야. 아이스크림 통에 조개껍데기가 잔뜩 있어서, 특별히 예쁜 것도 아니고. 봐봐, 죄다 깨진 것들이잖아.”

앨리가 내 눈치를 살피며 손에 쥐고 있던 조개껍데기를 슬며시 내려놓았다.

“너도, 참. 어차피 쓰레기통에 들어갈 건데 좀 가지고 놀면 어때서 그러니?”

“엄마!”

나는 고함을 질렀다.

엄마는 아무것도 몰랐다. 그 조개껍데기들은 내가 포피와 함께 바다에 나갔을 때 모은 것이었다. 포피는 바다에 나가면 이따금 혼자만의 생각에 젖을 때가 있었다. 누가 가르쳐주지 않았지만 나는 그럴 때 포피를 그냥 내버려두어야 한다는 걸 알았다. 나는 포피가 다시 다정하게 말을 걸어줄 때까지 모래사장에 쪼그려 앉아 깨진 조개껍데기들을 모았다. 왜 깨끗하고 반질반질한 것들을 놔두고 상처 난 조개껍데기만 찾아 주웠는지 모르겠다. 그때의 나는 그랬다. 그냥, 그랬다. 엄마가 쓰레기라고 부른 조개껍데기는 다름 아닌 내 유년 시절의 기억이었다. 포피하고만 나눌 수 있는 아픈 추억이었다.

“왜 맘대로 내 방에 들어가! 왜 내 물건을 만져! 왜 다 엄마 멋대로야!”

“너야말로 왜 맨날 화를 내?”

포피와 나

"엄마가 화나게 하잖아."

"내가 언제? 넌 그냥 내가 싫은 거야."

"맞아. 난 엄마가 싫어."

"나 지금 최선을 다하고 있어. 좀 봐주면 안 돼?"

"엄마의 최선은 너무 늦었어. 엄마가 다시 약을 해도 난 상관 안 해."

"미카!"

"…."

"우리 다 같이 행복할 수 있어. 내가 더 노력할게."

"우린 행복할 수 없어. 그게 진실이야."

"그러지 말고 제발…."

"엄만 날 버리고 떠났잖아!"

결국 그 말이 입 밖으로 나오고 말았다. 그동안 모른 척, 없었던 일인 척하고 잘 지냈는데. 누군가 가슴을 주먹으로 친 것처럼 아팠다.

"난 겨우 아홉 살이었어."

그때 모든 게 끝났다는 사실을 엄마는 왜 모를까.

그해 11월 11일, 아홉 번째 생일날 내가 학교에 가지 않겠다고 했을 때 엄마는 흔쾌히 그러라고 했다. 그날은 같은 반 애니의 생일이기도 했다. 애니 엄마는 작년처럼 점심시간에 컵케이크를 가져올 테고, 그러면 모든 애들이 생일 축하 노래를 불러줄 것이다. 애니는 지난주에 이미 생일 파티를 열었다. 반 여자애들을 모두 집으로 초대했는데, 내 초대장에만 파티 시간이 한 시간 뒤로 적혀 있었던 사실을, 다른 애들은 모두 수영복과 아이패드를 가져가기로 했다는 사실을 그 집에 도착해서야 알았다. 나는 게임을 하는 그룹에도, 수영장에서 노는 그룹에도 끼지 못한 채 접시에 든 케이크를 휘적거리며 혼자 앉아 있었다. 그것은 애니가 3학년 내내 저지른 수많은 장난 중 하나였다. 나는 애니 때문에 상처받았고, 내 생일날 그 애에게 생일 축하 노래를 불러줄 마음이 전혀 없었다. 엄마가 왜 학교에 안 가려고 하는지 묻는다면 나는 머리가 아프다고 둘러댈 생각이었다. 머리가 아프다는 말은 엄마가 그즈음 가장 자주 하는 말이었다. 하지만 엄마는 내게 다른 걸 물었다.

"그럼 어디 가고 싶니?"

어디 가고 싶냐고? 어디? 어디 가지? 나는 엄마가 마음을 바꿀까 봐 재빨리 대답했다.

"헝그리잭스."

우리는 쇼핑센터에 있는 헝그리잭스에 갔다. 엄마는 콜라를 마셨고, 나는 치즈버거 세트를 먹었다. 감자튀김을 다 먹은 뒤 헝그리잭스 안에 있는 놀이터에서 놀았다. 그 시간에 거기 있는 애들은 학교에 안 다니는 꼬마들뿐이었다. 내가 만세를 하고 미끄럼틀을 타자 여자아이 두 명이 같은 자세로 따라 내려왔다. 나는 꼬마들을 데리고 미끄럼틀 꼭대기로 올라가서 신발 굴리기 놀이를 했다. 우리는 생일 파티 놀이도 했다. 빈 포장지로 케이크를 만들고, 생일 축하 노래를 부르고, 가짜 초를 훅 불어서 껐다. 나는 아홉 살이 되었다는 사실에 기분이 좋았다. 방학은 한 달 앞으로 다가왔고, 애니와도 영영 작별이었다. 애니는 4학년이 되면 가톨릭 사립 학교로 전학 갈 예정이었다. 아홉 살이 되면 많은 게 달라질 것이다.

아홉 살 하고도 한 달째 되던 날, 엄마는 집을 나갔다. 센터 링크에서 나온 지원금으로 마약을 하고 포키바에서 밤새 도박을 해도 새벽이면 늘 돌아왔던 엄마가 그날은 오지 않았다. 다음 날도, 그다음 날도, 수요일이 지나고 다시 주말이 되어도 엄마는 안 왔다. 나중에 엄마는 자기가 미쳤었다고, 완전히 제정신이 아니었다고 고백했다. 나도 제정신이 아니었다. 엄마가 나를 보살펴주지 않는 것과 엄마가 아예 존재하지 않는 것은 전혀 다른 이야기였다.

나는 이 세상에 혼자 남았다. 심장이 두근거렸다. 목으로 쓴 물이 계속 넘어왔다. 완벽한 공포였다. 내겐 샌드위치를 만들어주고, 이를 자주 닦으라고 충고해주고, 빨래를 어떻게 말려야 냄새가 안 나는지 가르쳐주는 포피가 있었지만, 포피는 엄마가 아니었다. 포피는 나랑 같이 발가벗고 욕조에 들어가지 않았다. 포피에게는 포피의 딸들이 있었다. 머리가 아프다면서도 침대에서 나를 꼭 껴안고 놓아주지 않는 엄마, 이상한 춤을 추다가 넘어져서 나를 웃게 만드는 엄마, 내 입안에 손가락을 넣어 덜렁거리는 이를 뽑아주는 엄마, 내게 소리 지른 뒤 눈물 흘리며 미안하다고 비는 엄마, 죽을 만큼 밉지만 사랑할 수밖에 없는. 내겐 포피가 필요했던 것만큼이나 엄마가 필요했다. 하느님, 제발 엄마가 돌아오게 해주세요.

나는 포피에게 아무 말도 하지 않고 한 주를 버텼다. 배가 고프면 냉장고에 있는 아무 재료나 찾아 전자레인지에 데워 먹었다. 방학이라 교복을 빨 필요도 없었다. 하지만 아무도 돌아오지 않을 걸 알면서 밤을 혼자 보내는 건 두렵고 끔찍한 일이었다. 내가 저녁마다 늦게까지 포피의 집에 있으려고 하자 포피도 결국 눈치채고 말았다. 나는 울면서 경찰서에는 가기 싫다고 했다.

"네가 왜 경찰서에 가?"

"엄마 없는 아이들은 경찰이 데려가요. 그런 아이들끼리 감옥에서 사는 거예요."

"어디서 그런 말을 들었니?"

어디서, 누구한테 들었는지는 기억나지 않았지만 어쨌든 나는 그럴 거라고 확신했다. 포피도 어쩔 수 없는 일이었다.

"넌 감옥에 안 갈 거야. 내가 보내지 않을 거다."

"정말요? 저, 그럼 이제부터 포피랑 같이 사는 거예요? 포피가 제 엄마가 되면 되잖아요."

포피는 대답하지 않았다. 나는 다시 눈물이 났다.

"뚝! 이제부터, 그래…. 네 엄마를 찾아보자."

포피는 그해 크리스마스에 딸들을 보러 시드니에 가지 않았다. 나는 포피와 둘이서 크리스마스를 보냈다. 새해 전야에는 함께 킹스비치에서 불꽃놀이를 보았다. 불꽃놀이는 아름다웠을 테지만 나는 인파 속에서 손이 저리도록 포피의 옷을 붙잡고 있던 기억밖에 나지 않는다.

포피는 약속을 지켰다. 포피는 엄마를 찾아냈다. 새해가 지나고 며칠 뒤에 엄마가 돌아왔다. 엄마는 맨발이었고, 10킬로그램쯤 빠진 몸에 다른 사람 옷을 걸치고 있었다. 내 이름을 부르며 다가온 엄마의 눈에는 초점이 없었다. 엄마는 이상한 소리를 내며 웃었다. 엄마가 몸을 떨자 포피는 엄마를 방으로 데려가 침대에 눕혔다. 이불 밖으로 나온 엄마의 발바닥이 새까맸다.

나는 버림받은 아이였다. 엄마가 돌아왔어도 그 사실엔 변함이 없었다. 엄마는 나를 버렸다. 우리가 함께 행복해질 수 있다고? 그럴 수 없다는 사실을 엄마만 모르는 것 같았다.

한참을 잔 것 같은데 시계를 보니 겨우 열한 시였다. 저녁을 안 먹었더니 배가 고팠다. 일어날까 말까 망설이다가 부엌으로 갔다. 앨리 역시 자다가 깨서 우유를 마시러 나온 모양이었다. 그 애는 나를 보자마자 놀라서 컵을 떨어뜨렸다. 내가 그렇게 무섭게 생겼나. 앨리는 울 것 같은 얼굴로 바닥에 흐른 우유를 손바닥으로 닦았다.

"괜찮아. 내가 할게."

내가 행주로 바닥을 닦는 동안 앨리는 자기 방으로 도망쳤다. 앨리는 지금까지 세 군데의 위탁 가정을 전전했다. 가장 최근에 지냈던 위탁 가정에서는 네 명의 아이들과 함께 살았는데, 그중에 가장 큰 여자아이가 앨리를 폭행하고 못살게 굴었단다. 아, 그래서 나만 보면 도망가는 거구나. 아까 앨리 앞에서 소리 지른 게 마음에 걸렸다. 그 애는 잘못한 게 하나도 없는데. 남은 스파게티를 데워 먹을까 하다가 그만두었다. 입맛이 사라졌다. 나는 새 컵에 우유를 따라 앨리에게 갔다. 방문이 닫혀 있었다. 나는 우유를 마셔버리고 내 방으로 돌아가 누웠다. 잠이 올 것 같지 않았다. 왜 내가 미안해해야 하지? 앨리에게 진짜로 잘못한 사람은 내가 아니잖아. 다니엘라 아줌마가 알코올중독에 빠지지 않았다면 앨리는 저렇게 작고 멍한 아이로 태어나지 않았을 것이다. 위탁 가정에서 자라지도, 다른 애들에게 맞지도 않았겠지. 앨리 또한 나처럼 행복해질 수 없는 아이였다. 기뻐해야 할 순간마다 과거의 상처가 꾸물꾸물 올라와 저 애를 괴롭힐 테니까.

포피에게서 제니 타일스의 신간을 다 읽었다는 메시지가 왔다. 마히나 엄마가 추천해준 범죄 소설을 몇 권 더 가져가겠다고 하니 포피는 그냥 오라고 했다. 책 말고 네 얼굴을 보고 싶어. 꼭 시간이 얼마 남지 않았다고 말하는 것 같아서 마음이 아팠다. 아, 포피 앞에선 이런 표정을 하면 안 되는데.

포피는 지난번보다 좋아 보였다. 외출복으로 갈아입고 화장까지 한 모습을 보니 예전의 포피로 돌아온 것 같았다. 캐런 아줌마가 나를 보고 빙긋 웃었다. 아줌마의 표정이 밝았다. 기쁜 일이 생겼어. 어쩌면… 어쩌면, 기적이 일어났을지도 몰라. 포피가 내게 밖으로 나가자고 말하자 캐런 아줌마가 지팡이를 챙겨주었다.

"우리 어디 가는 거예요?"

나는 포피가 카페를 그냥 지나치는 걸 보고 물었다. 포피는 카페 뒤편의 작은 산책로로 갔다. 오르막길에서 걸음이 느려졌지만 아주 많이 힘들어 보이지는 않았다. 좋은 징조였다. 포피와 나는 작은 소나무 옆 벤치에 앉았다. 바다 풍경은 없었지만 카와나비치의 오래된 등대가 보이는 곳이었다.

"기분이 좋은가 봐요."

"응. 기분이 좋아."

나는 두근거리는 마음으로 포피를 보았다. 포피에게서 얼른 기쁜 소식을 듣고 싶었다.

"요즘은 하루하루가 참 소중해. 그래서 기분 좋아지는 일만 찾아서 하고 있어."

그런 거였나.

"저기 등대 가는 길에 있던 놀이터 생각나니?"

"아니요."

"소나무 숲에 있는 작고 예쁜 놀이터였는데."

전혀 생각이 나지 않았다. 포피와 했던 모든 일을 기억하고 있는 줄 알았는데.

"사람이 없는 곳이라서 나도 너랑 같이 그네를 타곤 했지. 샛노란 목주름이 있는 수컷 브러시터키가 그곳 터줏대감이었어. 놀이터 주변을 맴돌면서 낙엽들을 어찌나 열심히 쓸어모으던지. 넌 그 녀석이 만든 둥지도 기억이 안 나겠구나."

나는 고개를 저었다.

"이곳이 그리울 거야."

포피와 나

"그런 말 하지 마세요."

"시드니로 돌아가기로 했어. 캐런이 집 근처에 있는 요양 시설을 알아봐줬어. 디나도 가까운 곳에 살고. 그 애는 아직도 나한테 화가 나 있어."

"포피….."

"넌 강한 애야."

나는 눈물이 흐르도록 내버려두었다. 포피가 내 어깨를 감싸 안았다. 포피의 심장 소리가 들렸다. 그 따뜻하고 포근한 느낌이 몸속 깊이 스며들 때까지 나는 잠자코 있었다. 어릴 때로 돌아간 기분이었다.

"브러시터키 암컷은 말이야, 둥지에 알을 낳자마자 떠나버려. 알들은 어미의 체온이 아니라 둥지 속 낙엽이 부식하면서 내는 열로 부화하지. 혹시 브러시터키 새끼들을 본 적이 있니?"

"아니요."

"새끼들은 무덤처럼 크고 캄캄한 둥지 속에서 혼자 깨어난대. 둥지 밖에는 온통 천적뿐인데, 세상에 나올 때부터 오롯이 혼자인 기분은 어떨까? 알에서 나오자마자 천적을 피해 도망쳐야 하는 기분은?"

"더럽겠죠."

"미카."

"포피가 무슨 말 하고 싶은지 알아요. 난 브러시터키처럼 태어날 때부터 버림받은 것도 아니니까 과거 같은 건 다 잊고 잘해보라는 거잖아요."

"어, 그런가? 그럼 그렇게 해봐."

"포피는 절 이해하는 줄 알았어요."

"이해하니까 하는 말이지. 슬픔과 분노에서 벗어나지 못하는 게 얼마나 힘든 일인지 아니까. 감정도 중독 같은 거라서 한번 길들면 버리기가 어려운 거야."

"그래도 자꾸 생각나는 걸 어떻게 잊어요."

"잊지 않으려고 너무 애쓰지만 않으면 돼."

"저도 제 마음을 잘 모르겠어요."

"넌 다시 상처받을까 봐 두려운 거야. 마음 아픈 것보다는 미워하고 분노하는 편이 더 쉬우니까. 하지만…."

"네?"

"아니, 아니다. 널 이렇게 몰아붙이려고 한 건 아닌데. 나 꼰대 같지 않았니?"

너무나 포피다운 말투에 나는 기분이 풀렸다.

"미카, 내가 한 말은 싹 무시해. 넌 지금까지 한 것만으로도 충분하니까. 그냥 네 속도대로, 네 마음 가는 대로 해."

내 맘껏, 내 마음대로 포피를 껴안고 아무 데도 가지 말라고 할 수 있다면 얼마나 좋을까. 한 무리의 코카투 앵무새가 귀 따갑게 소리 지르며 머리 위를 날아갔다. 포피가 미소 지었다.

"그 도미 사건 기억하니?"

"당연하죠."

만화의 한 장면 같았던 그때를 떠올리자 절로 웃음이 났다. 우리는 노을 진 해변을 걷고 있었다. 밀물 때라 바닷물이 빠르게 밀려 들어오고 있었다. 파도 속에서 뭔가 반짝하고 튀어 오르더니 우리 앞에 떨어졌다. 아가미에 큰 점이 박혀 있는 예쁜 도미였다. 하늘에서 커다란 그림자가 흔들거리며 내려왔다. 펠리컨이었다. 펠리컨이 먹이를 낚아채려는 순간 갈매기 떼가 몰려들었다. 주변이 와구와구 시끄러워졌다. 새들이 먹잇감을 놓고 다투는 동안 도미는 죽어라 팔딱거리다가 다시 밀려든 파도에 휩쓸렸다. 파도가 지나간 자리엔 모래만이 남았다. 갈매기들이 "끼약-" 하고 신경질적으로 울었다. 펠리컨은 커다란 몸뚱이를 흔들며 공중으로 날아올랐다. 우리는 흥흥 웃고 또 웃었다. 멋진 하루였다.

"우리가 만들었던 모래성들 기억해요, 포피?"

"그럼. 우린 최고의 부동산 재벌이었어."

아슬아슬하게 높은 탑, 바다 한가운데 떠 있는 감옥, 한번 들어오면 빠져나갈 수 없는 미로. 특히 육각형으로 모양을 낸 거북이 성은 꽤 그럴듯해서 지나가던 사람들이 한 번씩 쳐다볼 정도였다. 두 시간 동안 공들여 만든 모래성을 사진에 담으려고 자리에서 일어섰을 때 어디선가 장난감 삽을 든 여자애가 달려왔다. 아이는 거북이 머리를 삽으로 툭 치고는 낄낄거리며 달아났다. 너무 갑작스러운 데다 어이가 없어서 아무 말도 하지 못했다. 포피와 나는 집으로 돌아가는 길에 그 애를 다시 만났다. 여자애는 청해파리에 쏘여 고통스러워하며 울고 있었다. 아이는 악을 쓰면서 옆에서 도와주려는 부모를 마구 때렸다. 고소한 하루였다.

"무슨 생각해요, 포피?"

"우리가 처음 만난 그날. 식료품점 벤치에 앉아 있던 널 보지 못했으면 어땠을까."

"누군가 경찰에 신고했겠죠."

"아니, 너 말고 나 말이다. 지금까지 살면서 한 번, 딱 한 번 나쁜 생각을 한 적이 있어. 바로 그날이었지. 삶이 아무 의미 없었고, 하루가 견딜 수 없이 길기만 했어. 이대로 끝내버리자고 결심했어. 근데 갑자기 트윅스가 너무 먹고 싶은 거야. 원래 초콜릿을 좋아했던 것도 아닌데 왜 그랬는지. 아무튼 뭐, 그래, 트윅스는 먹고 죽자, 그런 생각으로 식료품점에 갔던 거야. 널 만나지 않았다면 난 그날 밤 죽었을 거야. 정말로 그럴 작정이었으니까."

"몰랐어요…."

"그 뒤로도 내 상태가 별로 좋지는 않았지만, 그래도 점점 참을 만해지더라. 제프 일이 있고 나서 다시는 웃지 못할 것 같았는데, 어느 순간 내가 웃기도 하더라고. 지난 몇 년은 내겐 복잡하고도 참 특별했어."

"포피."

"결국 이렇게 아름다운 곳에서 깜짝 선물 같은 시간을 갖게 되었네. 네 덕분에."

나는 포피에게 기댔다. 우리는 아무 말도 하지 않았다. 오늘은 어떤 날로 기억될까. 하늘이 유난히 새파란 날. 포피와 마지막 산책을 한 날. 포피의 또 다른 비밀을 알게 된 날. 가슴 아프고도 아름다운 날. 우리는 함께했던 지난날들을, 그리고 마지막 날이 될 오늘을 기억하기 위해 오래도록 자리에 앉아 있었다.

가을은 금방 지나갔다. 겨울 학기도 반 이상이 뚝딱 날아가 버렸다. 새벽에 출근하는 엄마는 최저 기온이 10도 이하로 내려가자 보온 팩을 껴안고선 얼어 죽을 것 같다고 투덜거렸다. 오후 세 시에 수업이 끝나면 나는 같은 캠퍼스 안에 있는 초등학교 건물로 갔다. 앨리를 픽업해서 집까지 함께 걸었다. 가끔은 가는 길에 마히나의 집이나 도서관에 들렀다. 일주일에 한 번은 앨리와 바닷가에서 찬바람을 맞으며 실컷 달리기도 했다. 앨리는 요즘 빈 아이스크림 통에 자기만의 조개껍데기를 모으기 시작했다. 나도 도와주지만 통에 들어가는 조개껍데기들은 모두 앨리의 검사를 통과해야 했다. 그 애는 색깔이 특이하거나, 반질반질 윤이 나고 깨진 데가 없는 조개껍데기만 모았다. 앨리와 함께 지내는 시간은 생각보다 즐거웠다. 그렇다고 아줌마가 주는 용돈을 사양하지는 않았지만 말이다. 다니엘라 아줌마는 울워스에서 계산원으로 일하는 동시에 치료 마사지사 자격증을 준비하느라 바빴다. 그래도 지난 토요일에는 일부러 시간을 내서 네트볼 경기를 보러 왔다. 8학년생 주장과 부주장을 주축으로 한 우리 팀은 상대 사립 여학교 팀을 신나게 밟아주었다. 나는 경기가 끝난 뒤에야 관중석에서 손을 흔드는 엄마와 아줌마와 앨리를 보았다. 다 같이 오는 줄 알았으면 패스를 좀 더 열심히 하는 건데. 시합이 끝난 뒤 엄마는 킹스비치에서 피시앤칩스를 먹자고 했다.

"내가 살 거야. 눈먼 돈이 들어왔거든."

엄마는 갑자기 변한 내 얼굴을 보고 크게 웃었다.

"이상한 거 아니야. 어제 유럽에서 단체로 온 손님들이 팁을 주고 갔어."

"나 아무 생각도 안 했어. 잘 알지도 못하면서."

나는 무안해져서 앨리의 손을 꼭 쥐었다.

다니엘라 아줌마와 앨리가 킹스비치에 자리를 잡는 동안 엄마와 나는 피시 마켓에 들렀다. 줄이 길었지만 고생한 보람이 있었다. 치킨솔트를 뿌린 감자튀김에선 고소하고 짭짤한 냄새가 났다. 포장된 피시앤칩스를 들고 바다로 내려가는 길에 자꾸만 침이 고였다. 내 마음을 읽었는지 엄마가 포장지 속에서 따뜻한 감자튀김을 꺼내 입에 넣어주었다. 그런 게 새삼스럽지 않을 만큼 엄마와 사이가 좋아졌다. 마지막으로 소리 지르고 화낸 기억이 희미했다. 미움 범벅이었던 감정을 버리고 나니 그다음부터는 많은 게 쉬워졌다. 엄마는 지난 일을 다 잊어버리자고 말했다. 아니, 그럴 수 없어. 하지만 그 일들을 잊지 않으려고 더 이상 애쓰지 않을 거야. 엄마가 내 말을 이해했는지 모르겠다. 그래도 엄마는 고개를 끄덕였다.

모래사장에서 앨리와 놀고 있던 다니엘라 아줌마가 우리를 발견하고 손을 흔들었다. 앨리는 몇 달 사이에 완전히 달라졌다. 집에서도 학교에서도 조용하던 애가 요즘은 수다쟁이가 되었다. 저녁밥을 안 먹고 밤에 몰래 나와 부엌에서 음식을 훔쳐 먹던 습관도 사라졌다. 무엇보다 얼굴이 포동포동해져서 엘프가 될 자격을 상실했다. 지금 눈앞에 있는 저 둘은 바닷가에 나온 다른 가족들처럼 지극히 평범한 모녀였다. 어쩌면 엄마와 나도 그렇게 보일 것이다.

"고마워."

내가 말했다.

"뭐가?"

"돌아와줘서."

대답이 없었다. 엄마의 발걸음이 느려졌다. 나는 모른 척 앞서 걸었다. 뒤돌아보지 않아도 엄마가 울고 있는 게 느껴졌다.

오늘 밤은 기온이 7도까지 내려간다고 했다. 양말을 신고 이불을 두 개나 덮었지만 여전히 추웠다. 이불을 뒤집어쓰고 어둠 속에서 휴대폰을 켰다. 늘 그렇듯 포피와 주고받았던 메시지함을 열었다. 어디에서 몇 시에 보자는 약속, 별로 웃기지 않은 농담, 대출한 책을 대신 반납해달라는 부탁, 인터넷에서 찾은 컵케이크 요리법 같은 사소하고 일상적인 대화를 보며 포피를 그리워했다. 포피가 시드니에 돌아간 뒤로도 우리의 대화는 몇 주 동안 더 이어졌다. 그러다가 완전히 끊겼을 때 캐런 아줌마의 연락을 받았다. 그사이 포피는 병원에서 의식을 잃었다가 깨어나기를 반복했다. 마지막으로 정신을 차린 포피는 창문을 열어달라고 말했다. 포피는 고개를 창문 쪽으로 돌린 채 눈을 감고 다시는 뜨지 않았다.

포피와 나

캐런 아줌마가 보내온 소포엔 작은 상자가 들어 있었다. 포피가 내게 남긴 마지막 선물이었다. 다이아몬드 반지는 그때부터 줄곧 내 목에 걸려 있다. 즐겁기만 한 추억이 깃든 반지도 아니고, 괴롭기만 한 기억이 담긴 반지도 아니다. 그냥 포피와 그 모든 것을 함께했던, 그런 반지였다. 나는 휴대폰을 내려놓고 눈을 감았다. 밖에서 엄마와 다니엘라 아줌마가 소곤거리며 대화하는 소리가 들렸다. 갑자기 포피의 목소리가 어땠는지 생각나지 않았다. 오늘 밤엔 꿈에서 포피를 만나면 좋겠다.

딜과 루이

그리델은 겨울 도시다. 10월이 되어 차가운 북서풍이 불면 여름내 시들했던 도시가 활기를 찾는다. 딜은 어릴 적 엄마와 함께 크리스마스를 보내러 이곳에 올 때면 꼭 동화 속 마을에 놀러 오는 기분이었다. 딜의 머릿속에서 그리델은 1년 내내 크리스마스였고, 언제나 마술 같은 일이 벌어지는 곳이었다. 베리 가, 시나몬 광장, 베이커리 길, 레몬 로드, 코코넛 브리지 같은 먹음직스러운 거리 이름도 상상을 부추겼다. 물론 이곳에 살게 되면서 그 환상은 깨졌지만.

찌뿌듯한 하늘에선 금방이라도 눈이 쏟아질 것 같았다. 10월의 첫눈은 그리델에선 전혀 이상한 일이 아니다. 첫눈이 내릴 즈음이면 시내의 상점들은 약속이라도 한 듯 일제히 겨울 신상품을 진열한다. 딜이 신발 가게 앞에서 넋을 놓고 서 있었던 건 바로 그 때문이었다. 딜은 지퍼에 파란색 방울이 달린 어그 부츠가 마음에 쏙 들었다.

"케이크라도 보고 있는 줄 알았네. 침 좀 닦아."

뒤에서 루이의 목소리가 들렸다.

"저거 너무 예쁘지 않니?"

딜이 쇼윈도에서 눈을 떼지 않고 말하자 루이가 쏘아붙였다.

"이렇게 눈이 많은 곳에서 어그 부츠가 말이 된다고 생각해?"

"이모한테 크리스마스 선물로 미리 사달라고 해야겠다. 그 옆에 끈 달린 것도 괜찮은 것 같은… 야! 너!"

딜은 그제야 루이에게 화가 났다는 사실을 기억하고 뒤돌아섰다.

"내 모자 어디다 숨겼어? 아침에 그거 찾느라고 지각했잖아."

"그 모자가 왜 언니 거야? 자기 건 진작에 잃어버렸으면서."

루이가 대답했다.

"내가 시계 줬잖아. 네 모자랑 바꾼 거 기억 안 나?"

"언니가 억지로 시계를 떠맡긴 거지. 난 분명히 안 바꾸겠다고 했어."

"너 모자 안 좋아하잖아. 쓰지도 않을 거면서 왜 안 바꾸겠다는 건데?"

"또 잃어버릴 테니까. 언니처럼 무책임한 사람한테 넘겨줄 수 없어."

"그깟 모자 하나 가지고 말이 좀 심하다."

"머저리."

루이는 딜을 밀치고 터벅터벅 걸어갔다.

"야!"

"그거 엄마가 우리한테 마지막으로 남긴 선물이야. 넌 그것 도 모르지."

루이가 말했다.

눈이 날리기 시작했다. 딜은 하얗게 흩날리는 눈 속으로 루이의 책가방이 사라질 때까지 멍하니 서 있었다. 어떻게 그걸 까맣게 잊고 있었을까. 루이에게 '그깟 모자'라는 말을 하지 않았어야 했다. 아니, 애초에 그 소중한 모자를 잃어버리지 말아야 했다. 리조트에 있는 작은 선물 가게에서 모자를 고르던 엄마가 떠오르자 딜은 가슴이 조여와 숨을 쉴 수 없었다. 엄마와 웃고 장난치던 때가, 엄마를 껴안고 만질 수 있었던 때가 그리워서 미칠 것 같았다.

멍청이, 바보. 딜은 자신에게 더 심한 욕을 퍼붓고 싶었다. 루이가 화를 내는 건 당연했다. 그 애는 나를 싫어해. 내가 아니었다면 엄마는 야간 스키를 타러 나가지 않았을 테고, 슬로

프에서 벗어나 낭떠러지로 추락하지도 않았을 테니까.

엄마가 죽은 뒤로 루이와 딜 사이는 끝없이 미끄러졌다. 건
망증이 심하고 덜렁대는 엄마와 딜과는 달리 루이는 늘 세심하
고 침착한 소녀였다. 루이는 그들에게 침대 정리를 하지 않는
다고, 아침밥을 남긴다고 잔소리를 하곤 했다. 그 루이는 사라
졌다. 엄마를 잃은 날 딜은 다정한 동생 역시 잃고 말았다. 루
이, 나 아파. 아파서 미칠 것 같아. 딜이 속으로 외쳤지만 진통
제를 챙겨주고, 반창고를 붙여주던 루이는 되돌아오지 않았다.

눈발이 굵어졌다. 오후 네 시밖에 안 됐는데 가로등이 하나
둘 켜졌다. 전철역에서 몰려나온 사람들이 딜의 곁을 스쳐 지
나갔다. 딜은 하얀 눈 속에 발자국을 찍으며 천천히 걸었다. 앞
으로 루이와 어떻게 지내야 할지 걱정이었다. 딜은 꼬마전구와
화려한 겨울 상품으로 가득한 쇼윈도 앞을 지나다가 길모퉁이
문구점 앞에서 멈춰 섰다. 천장에 빗자루를 탄 작은 마녀가 대
롱대롱 매달려 있었다. 그러고 보니 다음 주가 핼러윈이었다.

작년 핼러윈 때 딜과 루이는 머리가 둘 달린 괴물로 변장했
다. 옷 한 벌로 시간과 노력을 아끼려는 엄마의 계산이 숨어 있
는 의상이었다. 변장하고 사탕을 얻으러 다니기엔 나이가 너
무 많다고 투덜대는 루이에게 엄마는 마스크를 씌워주었다. 엄
마의 재봉 솜씨가 엉망이어서 몇 분 만에 옆구리가 터져버렸

지만 그래도 딜과 루이는 의상을 벗지 않고 동네 끝까지 갔다. 초인종을 누르자 좀비가 쫓아 나왔던 집이 어디더라. 정말 재미있었는데. 그들은 사탕과 초콜릿을 쌓아놓고 소파에 앉아 새벽까지 영화를 봤다. 그들이 살았던 노스요커에서는 어른 아이 할 것 없이 핼러윈을 즐겼다. 정작 모든 시민이 빗자루를 타고 다닐 것처럼 보이는 그리델에는 파티도, 불꽃놀이도, 아무것도 없었다. 어쩌면 딜의 인생에 핼러윈은 두 번 다시 없을지도 몰랐다.

딜은 문득 그리델이 핼러윈에 인색한 데에 이유가 있을지도 모른다는 생각이 들었다. 25년 전에 벌어진 마녀 사건 말이다. 엄마 말대로 당시 그 사건이 그렇게 충격적이었다면 그리델 아이들은 어른이 되어서 굳이 핼러윈을 기념하고 싶지 않을 것 같다. 차라리 두 달 후에 있을 크리스마스에 열정을 쏟아붓는 게 낫겠지.

딜은 마녀를 믿지 않았다. 그래서 엄마가 장난기라고는 전혀 없는 얼굴로 "그건 실화야"라고 말했을 때에도 루이와 함께 비웃었다. 이야기의 끝을 알았더라면 절대 웃지 않았을 것이다. 아무튼 25년 전 그해 10월은, 엄마가 뭐라고 했더라. 그렇지, 하품을 하다가 눈물이 얼어붙을 정도로 추웠다.

"하지만 추위보다 더 생생하게 기억나는 건 창밖에서 들리는 마녀 웃음소리였지. 그 소리를 듣고도 곤히 잠든 아이는 없었을 거야. 아픈 늑대가 쇠파이프 속에서 울부짖는 것처럼 소름 끼쳤거든.”

학교 후문에서, 마을회관에서, 특히 자작나무 숲에서 여러 번 빨간 가죽 장갑을 낀 마녀를 목격했다는 사람들이 나타났다. 온갖 소문이 떠돌았고, 아이들은 공포와 호기심에 몸을 떨었다. 무모한 십 대 몇 명이 밤중에 마녀를 잡겠다고 숲에 갔다가 목숨을 잃을 뻔했다. 눈 위에 쓰러져 있던 그들을 부모들이 끌고 왔다. 나중에 그 아이들은 숲에서 마녀의 그림자를 보았다고, 마녀의 웃음소리를 들은 뒤에 정신을 잃었다고 말했다. 어쨌든 그 아이들은 운이 좋았다.

사건의 결말은 단순한 괴담보다 훨씬 심각하고 어두웠다. 두 명의 아이가 핼러윈 날 밤 그리델에서 영원히 사라졌다. 그중 한 명이 이모의 쌍둥이 자매, 그러니까 살아 있었다면 지금쯤 딜의 큰이모가 되었을 아이였다.

미스터리와 비극으로 둘러싸인 마녀 사건은 딜과 루이를 단번에 사로잡았다. 둘은 더 많은 걸 알고 싶었지만 당시 여덟 살이었던 엄마에게 상세한 이야기를 기대하는 것은 무리였다.

“그래도 확실한 거 한 가지는,”

엄마는 쓴 약을 넘기듯 침을 삼켰다.

딜과 루이

"네 큰이모가 실종된 뒤로 집안 분위기가 완전히 달라졌다는 거지."

말괄량이 기질이 다분했던 둘째 이모는 말 없는 아이가 되었고, 할머니는 미움과 증오로 세상을 대했다. 할머니는 혼자 남은 쌍둥이를 위로하는 대신 툭하면 둘째 이모에게 악담을 퍼부었다. 이모는 독이 든 말들을 고스란히 받아내면서 할머니를 원망과 애원의 눈초리로 보았다. 둘째 이모와 할머니의 관계는 엄마에게 마녀 사건보다 더 큰 상처를 주었다. 엄마가 열일곱 살에 그리델을 떠나 도시로 간 것도 바로 그 둘에게서 벗어나기 위해서였다. 노스요커에 도착해 6인용 호스텔에 짐을 풀었을 때에야 비로소 숨통이 트이는 것 같았다고 말하면서, 엄마는 자기 말에 귀 기울이는 딜과 루이를 쓰다듬었다. 이 사건에 대해 이모와 할머니한테 뭔가 물어볼 생각이라면 포기해. 괜한 상처 들쑤시지 말고, 이 못생긴 괴물들아.

딜은 25년 전 마녀 사건 뒤에 숨은 진실이 무엇인지 새삼 궁금했다. 그 아이들은 어디로 사라졌을까. 사람들 말처럼 정말로 죽은 걸까. 누가? 왜? 딜은 당장 루이와 이야기하고 싶었다. 성격도, 좋아하는 음식도, 패션 취향도 완전히 다른 자매에게 유일한 공통점이 있다면 그건 바로 미스터리였다. 예전처럼 둘이 머리를 맞대고 제대로 된 대화를 나눈다면 뭔가 알아낼 수 있을지도 몰랐다. "아니, 그렇다고 실종된 큰이모를 놓고 탐정 놀이를 하자는 건 아니야. 그래도 솔직히, 너도 엄마한테 상처를 준 마녀 사건의 진실이 궁금하지 않니?" 딜이 미끼를 던지면 루이는 덥석 물 것이다. 그리고 루이는 자기가 관심 있는 일이라면 끝까지 물고 늘어지는 끈질긴 애였다.

눈발이 가늘어지면서 바람이 거세게 불기 시작했다. 딜은 빠른 걸음으로 상점들이 즐비한 거리를 지났다. 크림 로드에 들어섰을 땐 하늘이 완전히 어두워져 있었다. 작고 오래된 초콜릿 가게를 지나자 캐러멜 냄새가 났다. 딜은 대형 상점과 고급 소매점이 있는 베리 가를 좋아하지만 초콜릿 가게, 수제 소시지 가게, 신발 수선집 등 오래되고 작은 상점들이 있는 크림 로드도 아주 좋아했다.

"다녀왔습니다."

가게 문을 열자 창가에서 재봉틀을 돌리던 이모가 고개를 들었다.

"마침 잘 왔어."

이모는 기지개를 켜고는 재봉틀에 걸려 있는 실타래 두 꾸리를 가리켰다.

"어떤 색이 나을까? 파랑? 빨강?"

"벌써 크리스마스 가방 만드는 거예요?"

딜은 작업대 위에 펼쳐진 눈부신 색상의 천들을 보며 물었다. 크리스마스 가방은 그리델에서만 볼 수 있는 독특한 아이템이었다. 원래는 일회용 포장지를 대신해 크리스마스 선물을 담기 위해 고안된 거지만, 색깔과 무늬가 화려하고 튼튼해서 계절용 가방으로 더 인기가 많았다.

"응. 브이로그 백화점에서 주문이 들어왔어. 어떤 색?"

"둘 다 별론데. 차라리 금색이 나을 것 같아요."

"그래, 맞아. 금색이지. 앞주머니도 달아볼까 하는데, 네 생각은 어때?"

"어, 잘 모르겠어요."

평소 같으면 가게에 머물면서 이런저런 아이디어를 보탰겠지만 딜은 서둘러 2층으로 올라갔다. 그리고 곧 다시 내려와 물었다.

"루이 어디 갔어요?"

"할머니 집에. 거기서 자고 내일 학교로 바로 간다고 했어."

딜은 실망했다. 루이와 이야기할 생각에 들떠 있었는데.

"너도 오늘 거기로 갈 거야?"

"아니요."

딜은 시무룩하게 대답했다. 요즘 루이는 걸핏하면 할머니 집에 갔다. 할머니 집은 크림 로드에서 여섯 블록 떨어진 버치 가에 있었다. 거리 끝에 농장과 개울과 밭이 있고, 밭 너머로 자작나무 숲이 펼쳐져 있어 크림 로드와는 완전히 다른 분위기가 났다. 딜은 할머니 집에서 자는 걸 좋아하지 않았는데 숲 절반을 가로지르는 M1 도로 때문이었다. 밤이면 화물 트럭들이 달리는 소리가 생생하게 들렸다. 그 집에 있는 게 나랑 함께 있는 것보다 낫다 이거지. 그래, 네 맘대로 해, 루이. 그렇게 평생 심술만 부리면서 살라고.

"잘됐다. 저녁은 로스트 치킨으로 대충 때우자. 루이 없으니까 야채는 건너뛰어도 되겠지?"

"당연하죠."

딜은 의자에 털썩 앉았다.

"리즈 이모."

"응?"

"이모는 어렸을 때 큰이모하고 사이가 어땠어요?"

생각 없이 질문한 뒤 딜은 당황해서 "아, 말하기 싫으면 안 해도 돼요"라고 덧붙였다. 이모도, 할머니도 죽은 큰이모에 대해 말하는 걸 좋아하지 않았다. 이모는 재봉하던 천을 가만히 내려다보다가 이내 돋보기를 벗었다.

"좋았던 기억만 있으면 좋겠지만…"

이모는 한숨을 쉬었다.

"좋기도 하고 나쁘기도 했지. 코럴이 나보다 이십 분 먼저 태어난 건 알고 있니?"

이모는 작업대를 손가락으로 두드렸다.

"첫째 아이는 엄마들에게 특별한 법인가 봐. 나야 아이를 안 낳아봐서 잘 모르지만. 네 할머니는 큰이모를 아주 각별하게 여겼어. 코럴이 나보다 훨씬 어른스럽기도 했고, 둘 사이엔 내가 끼어들 수 없는 무언가가 있었지. 가끔 엄마와 코럴이 키득거리면서 자기들만 아는 농담을 하면 어린 마음에도 소외감을 느꼈어. 그것만 빼면 코럴과 나는 아주 좋았어. 그 앤 누가 봐도 예쁘고 사랑스러운 장난꾸러기였으니까. 어휴, 정말이지, 그 애가 생각해낸 기상천외한 장난질 때문에 우린 지루할 틈이 없었어."

가게 문이 열리는 소리가 들렸다. 앨 형사가 추위에 벌게진 얼굴을 들이밀었다. 이모가 어서 오라고 손을 흔들었다.

"가엾은 앨이 우릴 따라다니며 고생 좀 했지."

"뭐야? 지금 내 얘기 하는 거야?"

앨 형사는 케이크 상자를 내려놓고 양손을 마주 비볐다.

"응. 네가 어렸을 때 내 뒤를 졸졸 따라다녔다고 얘기했어."

"그건 사실이야, 딜. 리즈는 우리 중에서 제일 예쁘고 재밌는 애였어."

"인기가 많았던 건 내가 아니라 코럴이지."

"아니야, 너였어. 코럴은 모든 애들 위에 군림하려고 했잖아. 오죽하면 별명이 하트 여왕이었겠니. 딜, 네 엄마도 어렸을 때 코럴 때문에 맨날 울었어. 주변에 코럴을 무서워하는 애들이…"

앨 형사가 갑자기 입을 다물었다. 이모의 굳은 표정을 보곤 자기가 실수했다는 걸 깨달은 듯했다.

"저녁은 언제 먹어?"

앨 형사가 손에 입김을 불며 화제를 바꿨다.

"나 밥 얻어먹으러 온 거야. 오늘 식사 당번이 베티 언니거든. 언니는 뭐든 태워야 직성이 풀린단 말이야."

"이건 밥값이야?"

이모가 케이크 상자를 눈짓했다. 이모는 화제가 바뀌어서 안심한 듯했다.

"레몬 머랭 타르트야. 엄마가 평가 좀 부탁한대. 레몬 커드에 들어가는 재료를 바꿨다는데."

"너희 집은 참 이상해. 집에 파티셰가 세 명인데 어떻게 비프 스테이크 하나 제대로 구울 사람이 없는 거야?"

"나도 그게 궁금해. 굳이 따지면 단백질과 탄수화물 조리의 차이라고나 할까. 나야 둘 다 못하지만. 그나마 우리 집에서 요리를 가장 잘한 사람은 매기 할머니였어. 할머니가 메모하고 수집하는 것 다음으로 좋아한 게 바로 요리였지."

"기억나. 너희 할머니 대구 튀김은 식당에서 파는 것보다 맛있었어. 매기 서장님이 범죄자들도 그렇게 바삭바삭 튀긴다는 소문이 있었지."

둘은 웃었다. 앨 형사의 눈에 눈물이 그렁그렁했다.

"유품 정리는 잘돼가?"

이모가 앨 형사에게 다가가 등을 두드렸다. 은퇴한 뒤에도 매일 경찰서를 들락거리며 후배들에게 잔소리를 하던 매기 서장은 두 달 전에 세상을 떠났다. 여든을 넘긴 나이였지만 현역 시절 범인을 잡다가 다친 골반을 빼곤 아주 건강했기에 매기 서장의 죽음은 갑작스러웠다.

"일기장이랑 수집품이 산더미 같아서 어디서부터 어떻게 정리해야 할지 모르겠어. 엄마하고 언니들은 가게 때문에 정신없이 바쁘고, 사라 이모는 먼지 알레르기가 있고, 결국 나밖에 없는데. 어, 지금 가게 문 닫게? 내가 도와줄게."

저녁은 버터를 바른 흰 빵과 로스트 치킨이었다. 디저트로 차와 레몬 머랭 타르트를 먹는 동안에도 이모와 앨 형사는 끊임없이 이야기를 나눴다. 딜은 둘의 대화를 흘려들으며 생각에 잠겼다. 아니, 사실은 아까부터 머릿속에 떠오른 생각을 떠들고 싶어서 입이 근질근질했다. 딜은 빨리 아침이 되기를 바랐다. 루이에게 이 굉장한 아이디어를 들려주어야 했다.

밤은 길었다.

스프링이 늘어난 매트리스는 몸을 뒤척일 때마다 음흉한 소리를 냈다. 겨우 잠이 들려던 참에는 화물차가 경적을 울리며 지나갔다. 루이는 자리에서 일어났다. 2층에 있는 손님 방은 전혀 편하지 않았다. 그럼에도 자꾸 이곳을 찾는 건 엄마 때문이었다. 엄마 방은 진작에 없어졌지만 부엌 옆에 딸린 창고 방에는 엄마가 십 대 때 썼던 물건들이 여전히 남아 있었다. 필기구, 녹슨 열쇠고리, 만화책, 친구들과 주고받은 편지, 옛날 앨범 같은 걸 들춰볼 때마다 루이는 한때 엄마도 평범한 소녀였음을 느꼈다. 그건 새로운 엄마를 만나는 것과 같았다. 루이는 그 기분을 누구와도 나누고 싶지 않았다.

커튼 틈으로 붉은빛이 새어 들어왔다. 루이는 완전히 잠에서 깼다. 커튼을 걷자 휑한 들판 뒤로 검은 자작나무 숲이 드러났다. 밤새 눈이 더 내리지는 않았는지 길은 깨끗했다. 루이는 옷을 갈아입었다. 식탁 위에 메모를 남겨놓고 가방을 챙겨 집을 나섰다. 햇살 속으로 들어서자 눈이 시큰거리고 머리가 아팠다. 그래도 할머니 집에 오길 잘했다는 생각이 들었다. 새로운 보물을 하나 더 발견했다. 엄마의 그림 일기장은 불편한 매트리스를 감수할 만한 가치가 있었다. 어제 일기장을 뒤적이면서 루이는 사진으로만 봤던 유년 시절의 엄마를 만났다. 여덟 살의 엄마를 만나는 건 사춘기의 엄마를 만나는 것과 또 달랐다. 달리기에서 3등을 한 날, 병아리 꼬꼬를 목욕시키던 날, 나무 꼭대기에서 새집을 찾은 날, 리즈 이모가 화장을 해준 날. 엄마의 어린 시절은 이런 평범하고도 특별한 날들로 가득 차 있었다. 엄마는 귀엽고, 엉뚱하고, 재밌는 아이였다. 우울했던 십 대 때와 달리 엄마의 유년은 즐거워 보여서 다행이었다. 다만⋯. 루이의 표정이 조금 어두워졌다. 엄마의 마지막 일기가 마음에 걸렸다. 엄마는 왜 그런 말을 했을까.

그림 일기 속에 있던 건 검은 모자와 망토를 쓴 거대한 마녀였다. 마녀의 코와 손은 뾰족했고, 입은 빨간색으로 칠해져 있었다. 비뚤비뚤한 입술 선 때문에 웃는 얼굴이 섬뜩했다. 그림 밑에 적힌 문장을 읽는 순간 루이는 가슴이 서늘해졌다.

'마녀가 코럴 언니를 잡아갈 것이다.'

이 일기를 쓴 날짜는 10월 26일, 바로 코럴 이모가 실종되기 5일 전이었다. 혹시라도 엄마가 뭔가 알고 있었던 게 아닐까? 루이는 그런 생각을 떨칠 수가 없었다. 엄마가 어디서 흘러나온 이야기를 우연히 들었고, 그걸 일기에 쓰고 나서 새까맣게 잊어버린 거라면. 아니, 지나친 상상이야. 그냥 꼬맹이가 장난친 거겠지. 하지만 엄마는 마녀를 정말로 무서워했는데. 이런 일기를 장난으로 쓸 수 있었을까.

"엄마야!"

루이는 갑자기 날아든 빗자루에 맞지 않으려고 몸을 웅크렸다. 검은색과 하얀색 고양이 두 마리가 바닥에 떨어진 빗자루를 뛰어넘어 잽싸게 사라졌다.

"망할 고양이들, 이리 오지 못해?"

쿠키 할머니가 씩씩거렸다.

"안녕하세요."

루이는 빗자루를 주워 할머니에게 건네며 말했다.

"길고양이들이에요?"

"아니야. 홀리가 맡기고 간 거야. 그 애가 이번 주부터 항암 치료에 들어가거든."

쿠키 할머니는 휴우, 하고 한숨을 쉬었다. 쿠키 할머니는 한숨을 자주 쉬었는데, 특히 딸 홀리 이야기를 할 때면 풍선에서 바람이 빠지는 것처럼 크고 요란한 소리를 냈다. 쿠키 할머니는 루이 할머니의 유일한 친구였다. 루이의 할머니보다 열 살은 더 많지만 트럭도 거뜬히 모는 데다가 덩치가 크고 목소리가 우렁차서 누가 봐도 열 살은 더 젊어 보였다. 쿠키 할머니는 늘 집에만 있으려고 하는 루이 할머니를 빙고 게임장이나 크로켓 경기장에 끌고 갈 수 있는 유일한 사람이었다.

"하나님은 왜 우리 홀리한테만 이렇게 가혹하게 구는지. 쉬운 게 없어, 쉬운 게. 세상의 모든 나쁜 일이 홀리한테 몰려드는 것 같아. 루이, 내 햄을 훔쳐 먹은 저 못된 고양이들을 잡아주지 않을래? 방금 차고로 들어간 것 같구나."

루이가 차고로 들어가 고양이들을 내몰자 쿠키 할머니가 문 밖에서 고양이들을 한 마리씩 잡아 품에 안았다. 고양이들은 쿠키 할머니의 두툼한 실내복 안에서 못마땅하다는 듯 갸르릉거렸다.

"너희들을 방에 가둬놓을 거야. 햄을 절반이나 처먹었으니 아침은 없어. 알지? 고맙다, 루이. 어서 들어와. 시간이 좀 이르지만 따뜻한 우유랑 초콜릿케이크 한 조각 정도는 먹을 수 있겠지?"

"아, 아니. 괜찮아요."

"춥다. 빨리 들어와."

루이가 식탁에 앉기도 전에 쿠키 할머니는 전자레인지에 데운 우유 한 컵과 케이크 한 조각을 내놓았다. 할머니에게는 언제든 먹을 것이 나오는 주머니가 있는 것 같았다. 실제로 쿠키 할머니라는 별명도, 동네 사람들을 만날 때마다 호주머니에서 과자 같은 걸 꺼내 주어서 얻은 것이었다.

"그래, 네 할머니는 어떠시냐?"

"별로예요."

루이는 부엌에서 눈 내리는 풍경을 바라보던 외할머니를 떠올렸다. 저녁을 먹고 나서 루이와 함께 가족 앨범을 보는 동안에도 할머니는 내내 침울한 얼굴이었다. 할머니는 이내 코럴 이모의 방으로 들어갔다. 진작에 없어진 루이 엄마의 방과 달리, 이모 방은 25년 전 모습을 거의 유지하고 있었다. 루이가 잠들 때까지도 할머니는 코럴 이모 방에서 나오지 않았다.

"또 그 병이 도졌구나."

"네?"

"매년 이맘때면 도무지 집에서 나오질 않으니 말이야. 시간이 약이란 말도 틀렸지, 에휴."

쿠키 할머니는 뜨거운 차를 소리 나게 마셨다.

"할머니는 마녀 사건이 벌어졌을 때도 이 집에 살고 계셨죠?"

"그렇지."

루이는 잠깐 망설이다가 말을 꺼냈다.

"혹시 그날 무슨 일이 있었는지….'"

"제기랄!"

쿠키 할머니가 자리에서 벌떡 일어났다. 얼굴이 벌겋게 달아올라 있었다.

"방금 깨진 게 꽃병이면 저것들을 가만두지 않을 거야."

할머니는 고양이들이 있는 방으로 달려갔다. 다행히 꽃병은 아니었는지 돌아온 쿠키 할머니의 표정이 한결 여유로웠다.

"뭐라고 했냐? 내가 그날 뭘 봤냐고 물었니?"

루이는 입에 가득한 케이크 때문에 고개만 끄덕였다. 쿠키 할머니의 케이크는 눈처럼 촉촉했다.

"내가 봤지."

"헉, 정말로요?"

"내가 그날 밤 코럴과 아일라를 마지막으로 본 목격자였어. 그나저나 넌 네 이모하고 많이 닮았구나. 코럴과 눈이 똑같아."

쿠키 할머니는 루이를 뚫어져라 보았다.

"딜도 그렇고. 너희 식구들은 눈이 다 똑같이 생겼어."

"아일라."

루이는 케이크를 삼키고 말했다.

"아일라가 코럴 이모와 함께 사라졌다는 그 소녀, 맞죠?"

쿠키 할머니는 고개를 끄덕였다.

"코럴보다 두세 살 어렸는데, 작고 비쩍 마른 데다가 얼굴에 늘 버짐이 피어 있는 아이였지."

"그 둘이 친했나 봐요?"

"글쎄, 아닐걸. 아일라에겐 친구가 없었어. 불쌍한 아일라. 그 앤 신데렐라였단다."

"네?"

"계모 밑에서 죽도록 일만 하고 언니들에게 구박받는 신데렐라 말이야. 신데렐라한테 친구들과 놀 시간이 어디 있겠니. 세상에, 네가 그 애 손을 봤다면. 쯧쯧."

"그날 밤 뭘 보셨어요?"

"어디, 그러니까… 밤 여덟 시쯤이었지. 홀리와 함께 저녁밥을 먹고 난 뒤였으니까. 닭장 문을 닫으려고 나갔는데 멀리서 코럴과 아일라가 걸어가는 게 보였어. 밤중에 어디 가냐고, 숲 쪽으로는 절대 가지 말라고 내가 소리쳤지. 그 애들은 알았다며 손을 흔들었어. 그때 그냥 집으로 들어가지 말고 그 애들을 쫓아갔어야 했는데. 그랬다면 숲으로 들어가는 걸 말릴 수 있었을 텐데."

쿠키 할머니는 떨리는 손으로 찻잔을 집어 들었다.

"할머니는 코럴과 아일라가 숲에 간 거라고 생각하세요?"

"당연하지. 그 숲에서 나쁜 일이 벌어진 거야."

경찰은 자작나무 숲을 조사했고 서리 덮인 낙엽 속에서 빨간색 가죽 장갑 한 짝을 찾았다. 그 뒤 마을 사람들을 총동원해 숲을 샅샅이 뒤졌지만 그것 말고는 아무것도 발견하지 못했다.

"할머니도 숲에 마녀가 있었다고 믿으세요?"

"세상에, 그런 걸 믿는 어른이 어디 있니? 마녀가 아니라 아이들을 유괴하는 나쁜 년이 있는 거지, 에휴. 근데 넌 이런 옛날이야기가 왜 궁금한 거니?"

"엄마 일기장 때문에요. 거기에 이상한 말이 적혀 있었거든요. 할머니, 저 학교 늦겠어요. 이만 가볼게요. 잘 먹었습니다."

밖으로 나오자 찬바람이 뺨에 닿았다. 그제야 루이는 얼굴에서 열이 나고 있다는 걸 알았다. 머리칼 사이로 스미는 바람이 시원했다. 쿠키 할머니는 틀렸어. 유괴와 같은 범죄에는 반드시 돈이나 원한 관계 같은 동기가 있다. 코럴과 아일라는 부잣집 아이들이 아니었고, 공통점도 없었다. 그 둘이 사라진 데에는 뭔가 다른 이유가 있을 것이다. 루이는 외투 속에 손을 집어넣고 피부를 벅벅 긁었다. 루이는 알고 싶었다. 호기심이 배 속에서 꿈틀거렸다.

"그만 좀 긁어."

루이가 딜에게 말했다. 그들은 상자로 가득한 서재에 있었다. 창문을 열었지만 그 앞에도 상자들이 쌓여 있어 바람이 통하지 않았다. 실내 공기는 수십 년 묵은 듯 무겁고 답답했다.

딜은 수시로 재채기를 하고 눈을 비비고 코를 풀었다.

"그래도 굉장한 아이디어 아니니? 에에췹!"

"고개 돌려. 침 튀잖아."

루이가 인상을 썼다.

"조금밖에 안 튀었어. 저쪽에 있는 상자 좀 가져와봐."

"언닌 정말로 여기에 마녀 사건에 대한 실마리가 있을 거라고 생각해?"

"응. 매기 서장님은 메모광이었어. 젊은 시절부터 쓴 다이어리, 달력, 어, 어어, 에췹, 메모장, 가계부, 사건 일지, 수첩, 하다 못해 쇼핑 목록까지 다 모아놨대. 마녀 사건은 퇴임 전에 벌어진 일이고 미해결 사건이니까 분명 뭔가 남겨놓으셨을 거야."

루이도 그러길 바랐다. 경찰서에 찾아가 기록을 요청할 수는 없으니, 매기 서장님이 남긴 종이 쪼가리라도 하나 찾아낸다면 큰 도움이 될 것이다. 그래도 앨 형사에게 거짓말한 건 여전히 꺼림칙했다. 앨 형사는 딜과 루이가 순수한 마음으로 유품 정리를 돕는 거라고 믿고 있었다. 루이는 처음부터 앨 형사에게 솔직히 말해야 한다고 주장했다. 마녀 사건에 대한 진실을 찾는다고 하면 앨 형사도 기꺼이 그들을 도와줄 것이었다. 하지만 딜의 생각은 달랐다.

"왜 안 된다는 거야?"

"그냥 느낌이 그래."

딜은 앨 형사가 코럴 이모에 대해 한 말을 들려주었다. 독재자, 하트 여왕, 무서운 아이. 앨 형사는 뭔가 더한 말을 하려다가 리즈 이모의 눈치를 보고 입을 다물었다.

"그게 뭐 어쨌다는 거야."

루이가 말했다.

"그 둘은 뭔가 감추고 있어. 어쩌면⋯."

"뭐?"

"나도 몰라. 아무튼 우리가 하는 일은 당분간 비밀로 해."

루이는 딜이 '느낌' 운운하며 고집을 부리면 말릴 수 없다는 사실을 알고 있었다. 이번엔 루이가 물러설 수밖에 없었다. 다행히 앨 형사가 그들에게 원한 것도 경찰 일과 관련된 매기 할머니의 개인 기록물을 따로 분류하는 일이었다. 앨 형사 가족은 그걸 경찰 박물관에 기증할 생각이었다. 루이가 상자를 열자 딜은 기다렸다는 듯 재채기를 했다.

"내일은 마스크 꼭 챙겨와."

루이가 말했다.

"내일도 오게?"

"설마 하루만 오고 안 올 생각이었어?"

"응. 마녀 사건에 대한 자료만 찾으면 다신 안 올 생각이었는데."

"오늘 중으론 찾기 힘들어. 설사 찾는다고 하더라도 유품이 모두 정리될 때까지 와야지. 약속은 약속이잖아."

루이는 상자에 든 오래된 엽서들을 뒤적거리며 말했다.

"루이, 나 잠깐 밖에서 쉬다 오면 안 될까."

"벌써…."

루이는 뭐라고 쏘아붙이려다가 딜의 벌게진 눈을 보고 마음을 바꿨다.

"그러든지."

루이는 개봉한 상자를 옆으로 치우고 다른 상자에 손을 뻗었다. 겉면에 색인이 붙어 있었지만 펜 자국이 흐릿해서 알아볼 수가 없었다. 상자를 뜯자 각종 영수증과 가계부와 바자회 장부가 나왔다. 다음 상자에서는 지도와 여행 자료와 요리법이 적힌 노트가 나왔다. 그다음 상자에는 강연 노트가 있었고, 학교에서 강연을 마친 뒤 학생들과 함께 찍은 사진도 있었다. 임명장과 상장, 상패 같은 것이 끝도 없이 나왔다. 잘못 생각했다. 이 상자들을 일일이 확인하고 정리하려면 이틀이 아니라 2주는 넘게 걸릴 것이다. 입에서 쓴맛이 났다.

부엌에서 누군가 큰 소리로 웃음을 터트렸다. 아까부터 말소리가 들렸지만 앨 형사의 식구들일 거라 생각하고 말았는데.

딜과 루이

"오, 정말로 그런 일이 있었어요?"

귀에 거슬리는 저 목소리는 딜이 분명했다. 루이는 상자들을 밀쳐내고 일어섰다.

딜은 먼지 한 톨 없이 깨끗한 부엌 식탁에서 레몬 타르트를 먹고 있었다. 벌써 몇 조각 해치웠는지 접시에 부스러기가 가득했다. 루이가 다가오는 걸 본 딜은 '아차!' 하는 얼굴이었지만, 이내 표정을 바꾸더니 맞은편 의자를 가리켰다.

"잘 생각했어, 루이. 좀 쉬면서 해."

"그래, 고생이 많다. 오늘 새벽에 구운 거야. 먹어봐."

앨 형사의 어머니가 말했다. 루이는 고맙다고 한 뒤 손을 씻고 식탁에 앉았다.

"생각보다 정리할 게 많지? 오전엔 가게가 너무 바빠서 제대로 챙겨주지도 못했네."

"괜찮아요. 쟤는 원래 일할 때 누가 옆에서 말 시키고 챙겨주고 하는 거 싫어해요."

딜이 재빨리 말했다. 루이가 딜을 쏘아보았지만 딜은 못 본 척했다.

"저희 걱정하지 마시고 가게 일 보세요. 필요한 거 있으면 말씀드릴게요."

"그럴래? 고맙다. 이따 집에 가기 전에 가게로 와. 빵 좀 싸

줄 테니까.”

앨 형사의 어머니가 나가자 딜이 말했다.

“아직 못 찾았지?”

“못 찾았어. 누가 먹고 떠드는 사이에 나 혼자 정리하느라 시간이 두 배로 걸려서.”

“나도 뭘 좀 알아보려고 그런 거니까 너무 몰아세우지 마.”

“흥.”

“이렇게 먹고 떠든 것도 조사의 일부라고. 그래야 이야기를 자연스럽게 끌어내지. 내 생각이 맞았어. 매기 서장님은 은퇴한 뒤에도 마녀 사건에 대한 미련을 버리지 못하셨대. 아줌마 말이 돌아가시기 몇 주 전에도 그 사건과 관련해서 누굴 만나야겠다고 하셨다니까. 안타깝게도 그게 누군지는 모르지만. 루이, 마녀 사건에 관한 자료는 분명 이 집 어딘가에 있어.”

“알았어. 알았다고.”

루이는 우유를 마시고 레몬 타르트를 먹은 뒤 일어섰다.

“난 상자들을 계속 뒤져볼 테니까 언니는 언니대로 먹고 떠들든 조사를 하든 알아서 해.”

딜이 엄지손가락을 치켜들었다. 루이는 서재로 돌아갔다. 상자는 전혀 줄어들지 않은 것처럼 보였지만 루이는 아까보다 힘이 났다. 눈앞에 쌓인 상자들이 더는 무의미해 보이지 않았다.

딜과 루이

보물찾기라면 루이는 누구보다 잘 해낼 자신이 있었다.

딜은 조용한 집 안을 한 바퀴 둘러본 뒤 서재 옆 방으로 들어갔다. 매기 서장님의 방은 주인을 잃기 전과 달라진 게 거의 없었다. 딜은 창가에 있는 1인용 소파에 앉으려다가 **마음을 바꿔** 꽃무늬 침대보가 깔린 침대로 갔다. 침대에 앉아 매기 서장님이 매일 밤 잠들기 전에 읽었을 책들을 손으로 훑었다. 팔을 뻗어 작은 서랍을 열자 노트와 필기도구가 나왔다. 마녀 사건에 대한 메모가 있지 않을까 기대했지만 그냥 평범한 독서 노트였다. 노트를 도로 넣으려고 하는데 서랍 바닥에 흰 종이가 보였다. 반으로 찢어진 종이엔 누군가의 이름이 적혀 있었다. 스텔라 맥브로이. 이름은 같은데 전화번호가 여덟 개였다. 그중 일곱 개의 전화번호가 볼펜으로 지워져 있었다. 남은 번호는 하나였다. 0319042286.

휴대폰은 아니었다. 05로 시작하는 이 지역 번호와도 달랐다. 누구지? 누굴까? 스텔라는 마녀 사건의 범인일 수도 있고, 그저 오래전에 연락이 끊긴 동창생일 수도 있었다. 전화를 걸어볼까? 근데 뭐라고 말을 하지?

"언니!"

루이의 목소리가 들렸다. 딜은 급히 서재로 갔다. 딜과 눈이 마주치자 루이는 어깨를 으쓱했다. 딜의 얼굴이 환해졌다.

"야! 너 정말!"

루이가 상자에서 꺼낸 내용물이 바닥에 흩어져 있었다. 두 툼한 스크랩북이 여러 권이었고, 얇은 노트도 꽤 많았다. 딜은 루이 옆에 쪼그리고 앉아 스크랩북을 펼쳤다. 신문에는 실종된 두 아이의 흐릿한 사진이 실려 있었다. 옛날이야기가 아니라 실제 범죄 사건을 대하고 있다는 사실이 실감 났다. 루이가 색 바랜 노트 한 권을 내밀었다.

"사건 개요부터 증인들 인터뷰한 내용까지 거의 다 있어. 의 문점이나 의견 같은 것도 엄청 꼼꼼하게 메모하셨더라고."

루이의 말에 딜이 고개를 끄덕였다. 자료들을 보니 매기 서 장님의 고집 같은 게 느껴졌다. 매기 서장님은 사건이 종결된 뒤에도 포기할 생각이 없었던 것이다. 하지만 서장님의 노력은 보상받지 못했다. 실종된 아이들은 여전히 어두운 미궁 속에 갇혀 있다. 딜의 마음속에 단순한 호기심을 넘어 조금 더 복잡 한 감정이 일었다.

소녀들이 사라진 시각은 10월 31일 밤 여덟 시에서 11월 1일 새벽 사이였다. 소녀들은 31일 오후 네 시에 그들이 사는 동네 에서 목격되었고, 오후 다섯 시쯤 전철역 근처에서 한 번 더 목 격되었다. 그리고 저녁 여덟 시쯤 다시 동네에서 목격되었는데, 세 번째이자 마지막 목격자는 바로 쿠키 할머니였다. 코럴의 어머니는 11월 1일 아침에 딸이 집에 돌아오지 않았다고 경찰에 신고했다. 코럴의 어머니는 급한 볼일이 있어 전날 이웃 도시에 사는 사촌 집에서 하룻밤 자고 막 돌아온 참이었고, 밤새 쌍둥이 언니가 집에 없었다는 사실을 전화로 알리지 않은 둘째 딸에게 무척 화가 나 있었다. 경찰은 곧장 수색을 시작했다. 그들은 소녀들이 갈 만한 곳은 빠짐없이 찾아다녔다. 특히 수상한 여자가 있었다는 자작나무 숲을 샅샅이 뒤졌다. 숲에서 중요한 단서로 보이는 빨간 가죽 장갑 한 짝을 찾았지만 아이들의 물건이나 차량의 흔적 같은 건 전혀 발견하지 못했다.

"여기 좀 봐."

루이가 페이지를 넘겼다. 경찰이 알리바이를 확인한 사람들의 이름이 적혀 있었다. 그중 몇 명은 밑줄이 그어져 있었는데 특별히 주목해야 할 사람들을 표시해놓은 듯했다.

"미쳴 스미스, 에런 스미스…."

딜이 중얼거리자 루이가 말했다.

"아일라의 할머니랑 엄마야. 아니, 친할머니랑 새엄마라고 해야 맞겠다."

"이 사람들이 용의자라고?"

"평소에 아일라를 구박하고 학대했다고 주변 사람들이 증언했어. 신문에서도 그걸로 한참 떠들어댔고. 하지만 그날 둘

다 알리바이가 있어.”

“다른 가족들과 함께 있었다고 둘러대는 건 어려운 일이 아니지. 이디 모건. 열여섯 살. 이 사람은 누구야?”

“사건 발생 몇 주 전에 코럴을 죽이겠다고 협박했대. 밑에 작은 글씨로 적혀 있잖아. 코럴이 자기 동생을 때려서 화가 나서 그랬다는데. 어쨌든 이 사람도 알리바이가 있네. 핼러윈 날 친구 집에서 밤새워 파티했음.”

“아, 맞다!”

딜은 주머니에서 흰 종이를 꺼냈다.

“매기 서장님 서랍에 들어 있었어. 마녀 사건하고 관련된 메모일지도 몰라서 일단 챙겼는데. 혹시 스텔라 맥브로이라는 사람이 목록에 있어?”

“그런 이름은 못 본 것 같은데. 전화번호 말고 다른 건 없었어?”

“응.”

루이와 딜은 자료들을 처음부터 다시 살폈다. 딜은 재채기가 나오지 않도록 한 손으로 코를 막았다. 포스트잇 메모와 신문에 실린 단신까지 샅샅이 훑었지만 스텔라라는 이름은 없었다.

“이 사건하고는 상관없나 봐. 하긴 중요한 사람이었다면 서장님이 더 자세히 적었겠지.”

딜과 루이

딜이 코맹맹이 소리로 말했다.

"동감이야. 어쨌든 이 자료들을 보니 당시 경찰 조사가 허투루 진행되지는 않았다는 건 분명히 알겠어."

루이는 그렇게 말하면서 크게 실망했다. 경찰이 빠짐없이 조사하고도 찾지 못한 진실을 그들이 무슨 수로 찾을 수 있겠는가.

밖에서 앨 형사의 어머니와 언니들이 들어오는 떠들썩한 소리가 들렸다. 어느새 가게 문을 닫고 돌아온 것이다. 백화점에 있는 대형 제과점을 빼고 그리델에 있는 빵집들은 전부 새벽에 영업을 시작해 오후 네 시면 문을 닫았다.

"오늘은 그만하자."

루이는 분류한 상자들을 서재 한쪽으로 치웠다. 마녀 사건에 관한 자료는 눈에 띄지 않게 책상 밑으로 밀어 넣었다. 그들은 앨 형사네 가족들과 잠시 이야기를 나누고 빵과 케이크가 가득 담긴 봉투를 건네받고는 집으로 향했다. 봉투에서는 고소한 빵 냄새가, 길거리에서는 신선하고 쌀쌀한 바람 냄새가 났다.

"넌 코럴 이모가 어떤 아이였을 것 같아?"

큰길로 나오자 딜이 물었다.

"그게 무슨 뜻이야?"

"리즈 이모 말처럼 똑똑하고 장난기 많은 착한 아이였을까?

아니면 앨 형사님 말처럼 무서운 독재자였을까?"

"글쎄. 주변에 친한 친구들이 많았다니까…."

루이는 말하다가 생각이 바뀌었는지 곧 이렇게 덧붙였다.

"하지만 다들 코럴 이모가 좋아서가 아니라 무서워서 억지로 따라다녔을지도 모르지. 게다가 이디 모건의 동생을 때리기까지 했고."

"너도 헷갈리지?"

딜의 말에 루이의 표정이 진지해졌다.

"노스요커에 있을 때 반 친구 중에 그런 애가 있었어. 또래보다 성숙하고 예쁘고 성격도 좋은…."

루이가 계속 말했다.

"그 애는 누굴 자기 편으로 만들어야 할지, 누굴 얕보고 괴롭혀도 되는지 귀신같이 알았어. 자기 편으로 삼아야 할 친구들에게는 한없이 다정했고, 그렇지 않은 친구들에게는 하트 여왕처럼 굴었지. 가끔 나처럼 반기를 드는 아이들도 있는데, 그런 애들한테는 교묘하고 잔인한 복수를 했지. 하트 여왕의 미움을 사는 순간 학교가 지옥으로 변하는 거야. 그런데도 어른들은 그 애가 성숙하고, 예쁘고, 착하다고 칭찬해. 어른들은 하트 여왕의 세계를 전혀 모르니까."

"너한테 그런 일이 있었는지 몰랐어. 힘들었겠네."

딜과 루이

"뭐, 견딜 만했어. 내겐 다른 할 일이 많았거든. 내가 계속 게임에 동참하지 않으니까 그 애도 맥이 빠졌는지 결국 포기하더라. 아무튼 언니 말이 맞아. 코럴 이모가 어떤 아이였는지 알아내는 게 중요해. 그러면 내가 가진 의문도 풀릴 텐데."

"어떤 의문?"

"왜 하필 코럴 이모와 아일라였을까 하는 의문. 친한 사이도 아니고 나이도 다른 그 둘이 왜 그날 같이 있었던 거지. 그러니까 어, 어쩌면…."

"너, 혹시, 오! 루이. 너, 아일라가 코럴 이모에게 괴롭힘을 당했을 거라고 말하려는 거야?"

"아니, 그 둘 사이에 남다른 사연이 있을 거라고 말하려 했는데. 하지만 언니 말도 일리가 있어. 리즈 이모와 앨 형사님이 숨기려고 했던 게 바로 그거였을까? 설마 그 셋이 뭔가…."

"조심해!"

자전거 한 대가 골목에서 튀어나와 둘 앞으로 돌진했다가 급히 방향을 틀었다.

"뭐야."

딜은 루이의 팔을 놓았다. 여덟 살쯤 된 아이가 몸집에 비해 턱없이 큰 자전거를 몰고 비틀비틀 멀어져갔다. 딜은 여자아이가 인도에서 도로로 내려가는 모습을 불안하게 지켜보았다. 아니나 다를까 아이는 얼마 못 가 손님을 내려주려고 갓길에 정차해 있던 택시를 뒤에서 들이받았다. 자전거가 쓰러졌고, 운전기사가 튀어나왔다. 그와 동시에 길옆에서 누군가가 나타나 넘어진 아이에게 빛의 속도로 달려갔다.

"어, 홀리 아줌마다."

딜과 루이는 홀리 아줌마가 아이를 껴안는 모습을 보았다. 쿠키 할머니와는 정반대로 키가 크고 비쩍 마른 데다가 늘 몸이 아파서 쩔쩔매는 홀리 아줌마가 저렇게 민첩할 줄은 몰랐다. 그러고 보니 사고 장소가 아줌마의 작업실 바로 앞이었다.

"오오! 세상에! 오, 하나님!"

아줌마가 소리쳤다. 홀리 아줌마는 아이를 껴안고 놓지 않았다. 아이는 자동차와 충돌한 것보다 아줌마 때문에 더 놀란 듯했다.

"저 좀 놔주세요."

아이가 아줌마의 품에서 빠져나오려고 몸을 비틀며 말했다. 그제야 아줌마는 민망한 듯 아이를 풀어주었다. 택시 운전사는 화가 나서 씩씩거렸다. 운전사가 가까이 오자 아이는 잽싸게 홀리 아줌마 뒤로 몸을 숨겼다.

"아무도 안 다쳤잖아요."

홀리 아줌마가 운전사에게 말했다. 그러고는 아이를 보호하려는 듯 팔로 아이를 감쌌다. 운전사는 투덜거리며 자동차 번호판을 발로 툭툭 찼다. 화풀이를 하고 싶어도 홀리 아줌마 때문에 아이한테 가까이 가지도 못했다. 택시가 떠나자 아이는 쏜살같이 자전거에 올라탔다. 아이는 발로 간신히 페달을 밟으며 비틀비틀 제 갈 길을 갔다. 홀리 아줌마는 아이가 다시 인도로 올라가 골목으로 사라질 때까지 멍하니 제자리에 서 있었다.

딜과 루이가 세 번째로 인사를 했을 때 홀리 아줌마가 뒤돌아보았다. 둘은 아줌마의 눈에 눈물이 흐르는 것을 보고 깜짝 놀랐다.

"아, 응, 그래. 그래."

아줌마는 딜과 루이를 보더니 평소처럼 쩔쩔매는 표정으로 돌아갔다. 아줌마는 허둥대며 나무 문을 열고 작업실 안으로 사라졌다.

딜은 얼마 전 우연히 작업실을 구경한 뒤로 아줌마가 만든 목공예품에 완전히 반했다. 크리스마스를 두 달 앞둔 요즘은 홀리 아줌마의 손이 가장 바쁘고 가장 빛나는 시기였다. 작업실엔 산타 모자를 쓴 오리, 흔들의자에 앉은 산타클로스, 코에 불이 들어오는 루돌프, 진짜 양말처럼 생긴 나무 양말, 피리 부는 천사 같은 공예품들이 가득했다. 마음 같아선 매일 들르고 싶었지만 소극적이고 수줍음 많은 아줌마가 작업실을 개방하는 날은 흔치 않았다. 어른들과 금세 친해지는 재주가 있는 딜에게 아직까지 서먹하게 구는 동네 사람은 홀리 아줌마가 유일했다.

"방금 우신 거 맞지? 이상하네."

딜이 말했다.

"난 이유를 알 것 같은데."

루이가 봉지에서 빵을 꺼내면서 말했다.

"아마도 죽은 아기 때문일 거야. 아줌마가 젊었을 때 유산한 적이 있대."

루이는 아몬드 크루아상을 한 입 베어 물고는 할머니에게 들었던 이야기를 해주었다. 어려서부터 손재주가 좋았던 홀리 아줌마는 고등학교를 졸업하고 나서 대도시에 있는 가구 회사에 취직했다. 한동안 도시 생활에 적응하며 잘 사는 줄 알았는데 아줌마는 어느 날 갑자기 그리델로 돌아왔다. 고향에서 자기 적성에 맞는 목공예 사업을 하고 싶다면서. 아줌마가 임신 중이었다는 사실은 유산을 해서 병원에 실려 간 뒤에야 알려졌다. 마침 코럴 이모와 아일라가 실종된 시기와 맞물려서 사람들의 관심이 온통 그쪽으로 쏠린 때였다. 동네 사람들의 불행에 가장 먼저 손을 내밀었던 쿠키 할머니는 누구의 위로도 받지 못하고 혼자서 딸의 슬픔을 지켜보았다.

"너무 안됐지 뭐니."

루이의 할머니는 혀를 찼다. 홀리 아줌마는 유산의 충격에서 다시는 헤어 나오지 못했다.

"그 뒤로 홀리는 계속 병을 달고 살았단다."

그나마 다행인 건 곁에 쿠키 할머니가 꿋꿋이 버티고 있다는 사실이었다. 두 번의 큰 수술을 이겨내고 좋아하는 목공예 작업을 할 수 있게 된 것도 모두 쿠키 할머니 덕분이었다. 세월이 흐르면서 홀리 아줌마도 조금씩 마음을 가다듬었다. 그렇게 좋아지는 듯했는데 최근 유방암이 재발했다. 의사들은 가망이 없다고 했다. 어쩌면 쿠키 할머니 말대로 세상의 온갖 불행이 홀리 아줌마를 찾아오는지도 몰랐다.

"그런 일이 있었구나. 정말 안됐다."

딜이 말했다.

"그런 딸을 옆에서 지켜봐야 하는 쿠키 할머니도 안됐지."

루이가 입가에 묻은 크림을 닦으며 대꾸했다.

"루이."

"왜?"

"엄마… 보고 싶지?"

루이는 말없이 빵 포장지를 구겼다.

"네가 나 원망하는 거 알아. 나라도 그랬을 거야."

딜이 계속 말했다.

"매일 그 생각을 해. 내가 그날 밤 엄마한테 스키 타러 가자고 조르지 않았다면 엄마는 아직 살아 있었을 텐데. 나 때문에…."

"지금 무슨 소리 하는 거야?"

"내가 아니었다면 엄마는 사고를 당하지 않았을 거야."

"그날 야간 스키 타러 가자고 조른 사람은 언니가 아니라 엄마였어."

"아니야. 너도 알잖아. 내가 타자고 했어."

"그건 그 전날이지. 사고가 있던 날엔 언니가 감기 기운이 있다고 했잖아. 언니는 리조트에서 그냥 쉬고 싶다고 말했는데 엄마가 우긴 거지. 밖에 나가서 놀다 보면 열이 떨어질 거라면서. 우리 엄마 알잖아. 바보 같은 언니는 또 따라 나갔고."

"야."

"아무튼 둘 다 못 말린다고 하면서 들어올 때 구운 땅콩 사오라고 내가 말했던 거 기억 안 나?"

"땅콩은 기억나. 아, 그랬구나. 맞아. 그랬어. 난 지금까지 엄마가 나 때문에…. 그럼, 넌 왜 나한테 계속 화를 낸 건데?"

"내가 언제?"

"거짓말하지 마. 엄마가 돌아가신 뒤로 계속 나한테 화가 나 있었잖아.”

“맞아. 나도 몰라. 말하기 복잡해.”

“난 말이야, 루이. 오늘 좀 행복했어. 간만에 너랑 내가 예전으로 돌아간 것 같아서.”

“알아. 나도 노력하고 있다고.”

루이는 볼멘소리로 대꾸했다.

나중에 루이는 이 대화를 떠올리면서 그때 딜에게 자신의 복잡한 속마음을 털어놓았어야 했다고 후회했다. 딜과 엄마는 완전히 판박이였다. 둘은 좋아하는 음식도, 좋아하는 영화도, 심지어 좋아하는 색깔도 같았다. 등산을 가면 둘은 루이처럼 안전한 산책길이 아닌 위험천만한 비탈길을 골라서 다녔다. 카니발에 있는 놀이기구라면 자다가도 벌떡 일어났다. 루이가 그런 이동식 놀이기구들은 낡을 대로 낡은 데다 안전 점검이 허술해서 위험하다고 아무리 말해도 듣지 않았다. 오히려 더 스릴 있어서 좋다고 말하는 사람들이었다. 스키장에서 엄마가 당한 사고는 안전 표지판만 제대로 확인했다면 피할 수 있었던 일이었다. 루이는 그래서 화가 났다. 언젠가 엄마처럼 딜도 잃게 될지 모른다는 생각에 두려웠다. 이런 루이의 마음을 딜이 알았다면. 딜은 혼자 자작나무 숲을 찾아가지 않았을지도 모른다. 그랬다면 마녀에게 끌려가는 일도 없었을 것이다. 25년 전

벌어진 비극이 세상 밖으로 나올 일도 없었겠지.

10월의 마지막 날, 딜과 루이는 버치 가에 있는 할머니 집에 있었다. 마녀 사건을 파헤치기 위해 코럴 이모의 방을 뒤져보는 건 딜과 루이에게 당연한 수순처럼 여겨졌다. 그들은 당시 이모의 속마음을 알 수 있는 일기장이나 노트 같은 걸 찾을 수 있길 기대했다. 할머니는 매기 서장님처럼 못 말리는 수집광은 아니었지만 딸들이 쓰던 물건을 그냥 버릴 만큼 깔끔하고 냉정한 성격도 아니었으니까. 특히 코럴 이모의 물건은.

"코럴 이모는 나 같은 애였나 봐. 나도 일기 쓰는 건 질색이거든."

딜이 말했다. 벌써 삼십 분 넘게 이모 방에 있었지만 아무 성과가 없었다. 아래층에서 쿠키 할머니 목소리가 들렸다. 갓 구운 파운드케이크를 가져와 루이 할머니를 달래보려 했지만 그쪽도 영 소득이 없는 듯했다.

"어쩌면 나 같은 아이였을지도 몰라. 난 일기장을 꼭꼭 숨겨 놓거든."

루이가 말했다.

"너 아직도 일기 써? 몰랐는데."

"몰랐겠지. 비밀이니까."

"왜? 알면 내가 훔쳐보기라도 할까 봐?"

"응."

"딱 한 번이었어. 옛날에 너 3학년 때."

"두 번. 아무튼 일기장이나 잘 찾아봐. 옷장 서랍도 열어봤어?"

"지금 보고 있어. 그냥 옷뿐이야. 이거 예쁘다. 색이 바래지만 않으면 입어도 될 것 같은데. 그때 스웨터가 요즘 유행하는 거랑 비슷했나 봐. 어, 개 인형 있다. 내가 어릴 때 안고 자던 노코랑 똑같이 생겼어. 너 노코 기억하지? 이 개는 등에 지퍼도 달렸네. 가방처럼 쓰는 건가?"

"우리 놀러 온 거 아니야."

"루이."

"빨리 좀 해. 옷장 끝났으면 매트리스 좀 같이 들어줘."

"루이, 이거….

딜은 지퍼가 열린 개 인형을 들고 있었다. 딜은 인형 속에서 무언가를 천천히 꺼냈다. 루이가 그것을 알아보는 데는 시간이 걸렸다. 하지만 알아보았다. 딜의 손끝에서 빨간 가죽 장갑 한 짝이 낯선 물체처럼 덜렁거렸다.

딜과 루이는 충격을 받았다. 그들은 마녀의 물건이 왜 코럴 이모에게 있는지 이해할 수 없었다. 아니, 이해하고 싶지 않았다. 그건 코럴 이모가 마녀 사건의 단순한 희생자가 아니라는 뜻이었으니까. 이모는 사람들이 생각하는 것보다 훨씬 복잡한 방식으로 이 사건에 얽혀 있었다.

"섣부른 판단은 금지야."

루이가 말했다.

"리즈 이모한테 직접 물어볼 거야. 언니가 반대해도 상관없어."

"반대 안 해. 대신⋯."

딜은 말을 멈췄다가 결심이 선 듯 내뱉었다.

"오늘 말고 내일 물어보자. 앨 형사님도 같이 있는 데서."

루이는 고개를 끄덕였다.

그날 저녁 식사 시간은 평소와 다르게 조용했다. 딜은 해산물 튀김을 곁들인 스파게티를 먹고 우유를 마시고는 숙제 핑계를 대고 방으로 갔다. 여러 번 생각했지만 결론은 역시 똑같았다. 딜은 오늘 밤 그곳으로 가야 했다. 루이에게 말하지 않은 건 미안하지만 어쩔 수 없었다. 자작나무 숲에 간다고 하면 루이는 딜을 말릴 것이다. "밤중에 거기 가서 뭐 할 건데?"라고 물어보면 딱히 대답할 말이 없었다. 딜 자신도 그곳에서 무엇을 하려고 하는지 모르니까. 하지만 25년 전 오늘 자작나무 숲에서 소녀들이 사라졌다. 딜은 그들이 있었던 풍경 속으로 들어가보고 싶었다. 아니, 들어가야만 했다.

딜과 루이

집을 몰래 빠져나오는 건 일도 아니었다. 두툼한 외투를 입고 모자를 썼는데도 매서운 바람이 틈을 헤집고 들어왔다. 이제 겨우 한 블록 반을 걸었을 뿐인데 양 볼에 감각이 사라졌다. 그날도 이렇게 추웠겠지, 딜은 생각했다. 라이트에비뉴 골목으로 들어가자 촘촘히 늘어선 건물들이 바람막이가 되어주었다. 외벽에 장식된 크리스마스 전구들을 보니 기분이 나아졌다. 그래, 난 지금 모험을 하고 있어. 진실을 찾아가는 모험이야. 딜은 엄마가 옆에 있으면 정말 좋겠다고 생각했다. 마녀 사건을 캐내려는 계획에 동의하지는 않겠지만, 그래도 결국 엄만 딜을 도와주었을 것이다. 엄마는, 엄마니까.

교차로를 지나자마자 다시 바람의 맹공격이 시작되었다. 길가에 얼어붙은 눈가루가 바람에 날려 옷 속으로 파고들었다. 딜은 스웨터를 목까지 끌어올렸다. 코가 시큰거려 숨 쉬기가 힘들었다. 버치 가에 가까워질수록 가로등이 드문드문해졌다. 집들 사이의 간격이 넓어지는가 싶더니 비포장길이 나타났다. 여덟 시밖에 안 됐는데도 버치 가는 깊은 어둠에 잠겨 있었다. 오늘 낮에 아무렇지 않게 지나쳤던 공터가 다른 느낌으로 다가왔다. 어디선가 개 짖는 소리가 들렸다. 호박색 외등이 켜진 쿠키 할머니 집이 보였다.

'아…'

코럴 이모와 아일라가 그 집 앞을 걷고 있다. 그들은 쿠키 할머니에게 인사한다. 그들은 벽돌집을 지나 목조 집을 지나 텅 빈 집, 시끄러운 집, 라디오 소리가 들리는 집을 지난다. 농장 앞을 지나 휑한 들판 쪽으로 향한다. 딜은 홀린 듯 그들을 따라갔다. 안 돼. 딜이 외쳤다. 가지 마. 더 이상 가면 안 돼. 딜이 고함쳤지만 숨소리 말고는 아무 소리도 나오지 않았다. 그들은 벌써 자작나무 숲 그림자 속에 있다. 마녀의 숲이다. 제발, 거기서 나와. 딜의 뺨이 눈물로 젖었다. 길모퉁이에서 자동차 소리가 들렸다. 딜은 그 소리가 자신이 만들어낸 환상인지 아니면 현실인지 구분할 수 없었다. 전조등 불빛이 딜의 얼굴에 부딪혔다. 딜은 눈을 뜰 수 없었다. 꿈이야. 아니, 현실이야.

"거기 누구세요?"

딜은 불빛을 가리기 위해 팔을 들어 올렸다. 자동차는 멈추지 않고 계속 다가왔다. 자갈을 밟는 타이어 소리가 무시무시했다. 온몸을 때리는 둔탁한 충격과 함께 머리가 핑 돌았다. 딜은 길 한가운데에 쓰러졌다. 누군가 자동차에서 나와 축 늘어진 딜을 안았다. 잠시 후 버치 가는 다시 완벽한 고요에 잠겼다. 25년 전 그날처럼.

루이는 딱딱한 책상에서 눈을 떴다. 아주 길고 혼란스러운 꿈을 꾼 듯 몸이 찌뿌듯했다. 루이가 일기를 쓰다가 존 건 처음이었다. 탁상시계를 보니 아홉 시였다. 노스요커에서 아홉 시는 초저녁이었지만 이곳 그리델에서는 한밤중이었다. 고개를 수그리고 잔 탓에 머리가 지끈거렸다. 루이는 곧장 침대로 기어들까 하다가 마음을 바꿔 화장실로 갔다. 화장실에서 나오면서 딜의 방에 들렀다.

"자는 거야?"

불 꺼진 방에서는 대답이 없었다. 그냥 돌아서려다가 이상한 느낌이 들어 불을 켰다. 딜이 없었다.

"이런 장난 재미없어."

루이는 중얼거렸다.

"어디 간 거야."

루이는 집 안 곳곳을 둘러보았다. 초조하게 발을 구르다가 딜에게 전화를 걸었다. 받지 않았다. 아래층에서 앨 형사의 목소리가 들렸다. 뭔가 비밀스러운 이야기를 하는 듯 톤을 낮춘 소리였다. 루이는 가게로 통하는 계단에 쪼그리고 앉아 귀를 기울였다. 매기 할머니, 애들이, 마녀, 딜은, 어쩌면 그 사건을…. 듣기 불편한 단어들이 맥락 없이 이어지는가 싶더니 갑자기 뚝 끊겼다.

"루이!"

계단 밑에 이모가 서 있었다.

"내려와서 이야기 좀 할까?"

이모는 한 손에 매기 서장님의 사건 노트를 들고 있었다. 유품 정리가 끝난 뒤 마녀 사건 파일을 치워두는 걸 깜빡했다. 이왕 들킨 거 루이는 주눅 들지 않기로 마음먹었다. 루이는 마녀 사건에 대해 알고 싶어서 매기 서장님 유품을 정리했다고 솔직히 말했다.

"그건 단순한 실종 사건이 아니에요. 맞죠? 내 말이 틀렸다고 하지 마세요. 왜냐하면….."

루이는 침을 삼켰다.

"왜냐하면 오늘 코럴 이모 방에서 빨간 가죽 장갑을 찾았거든요."

리즈 이모와 앨 형사의 얼굴빛이 변했다.

"뭘 찾았다고?"

이모는 쉰 소리를 냈다.

"장갑 한 짝이요. 개 인형 속에 들어 있었어요. 리즈 이모는 그날 진짜로 무슨 일이 있었던 건지 알고 있죠? 말해주세요. 언니는 내일까지 기다리자고 했지만…. 어, 맞다! 언니가 없어요."

"뭐?"

"언니가 없어졌다고요. 방에도 없고, 전화도 안 받고."

"그걸 지금 얘기하면 어떡해."

리즈 이모는 서둘러 할머니 집에 전화를 걸었다. 통화 연결음만 들렸다.

"이 밤중에 다들 어디로 간 거야. 안 되겠다. 내가 가봐야겠어."

"나도 갈게."

앨 형사가 자리에서 일어섰다.

"아니야. 넌 여기 있다가 딜이 돌아오면 나한테 전화해."

"리즈."

"괜찮을 거야. 그리고… 루이한테 다 이야기해줘."

리즈 이모는 차를 몰고 버치 가로 달렸다. 제발, 제발, 이모는 운전하는 동안 속으로 빌었다. 딜은 무사할 거야. 아무 일도 없을 거야. 그동안 잊으려고 애썼던 그날 밤이, 25년 전 오늘 밤이 자꾸 떠올랐다. 걱정하지 말라고, 늦기 전에 집에 올 거라고 했던 코럴은 영원히 돌아오지 않았다. 딜에겐 그런 일이 생기지 않아야 한다. 딜은 당연히 괜찮을 것이다. 우린 그런 장난을 치지 말았어야 해, 코럴. 그랬다면 비극은 일어나지 않았을 텐데.

"대체 왜 그랬던 거야!"

리즈는 차를 세웠다. 눈앞이 뿌예서 운전할 수가 없었다. 왜 그랬어? 코럴이 사라진 뒤로 매일같이 물었던 질문이었다. 아니, 원망이었다.

마녀 놀이를 하자고 제안한 건 코럴이었다.

"이번엔 우리 셋이서만 할 거야. 다른 애들한테는 비밀이야."

"왜? 난 다 같이 하는 게 좋은데. 그게 더…."

"안 돼. 이번엔 우리끼리만 할 거야. 하기 싫으면 넌 빠져."

코럴이 단호하게 말하자 앨은 입을 삐죽거렸다. 코럴은 어려서부터 똑똑하고 유쾌한 골목대장이었지만 때때로 변덕을 부리거나 상대를 무시하는 독불장군이기도 했다. 성격이 비슷한 앨과 코럴은 가장 죽이 잘 맞으면서도 가장 자주 갈등을 빚는 사이였다.

"누가 하기 싫대? 할 거야, 나도."

앨이 한발 물러나자 코럴의 말투가 누그러졌다.

"이번 일이 너무 중요해서 그래. 다른 애들은 끼워줄 수가 없어."

"우리 그냥 핼러윈 데이 장난치는 거 아니야?"

리즈가 물었다.

"음, 맞아. 아니, 그러니까… 내가 나중에 다 설명해줄게. 지

딜과 루이

금은 내 말대로 해. 알겠지, 리즈? 앨?"

리즈와 앨은 그러겠다고 했다. 분위기가 완전히 풀린 건 아니었지만 코럴을 추궁해봤자 나올 게 없을 거라는 사실을 둘은 알고 있었다.

마녀 놀이는 재미있었다. 일단 하급생들에게 마녀가 있다는 소문을 퍼트리자 점점 상급생들 사이에서도 말이 돌기 시작했다. 아이들은 심심한 마을에 뭔가 오싹한 일이 일어나기를 내심 바랐고, 그런 아이들을 속이는 건 식은 죽 먹기였다. 해 질 무렵 하수구 옆에 숨어서 호루라기만 불어도 아이들은 꽁지 빠지게 달아났다. 아이들이 큰일이라도 난 듯 마녀에 대해 수군 거릴 때마다 코럴과 리즈와 앨은 웃음을 참느라 혼이 났다. 핼러윈 사흘 전에 자작나무 숲에서 벌어진 일은 마녀 놀이의 절정이었다. 그 일이 아니었다면 마녀 놀이가 그토록 성공하진 못했을 것이다. 모두 10학년 삼총사 덕분이었다. 제시와 이디와 로아나는 정학 처분을 받고 일없이 빈둥거리는 데 지쳐 있었다. 그들은 마녀를 잡으러 밤중에 자작나무 숲으로 들어가겠다고 큰소리쳤다.

"똥멍청이들한테 본때를 보여주자."

마침 이디 모건에게 앙심을 품고 있던 코럴은 신이 났다. 이디 모건은 학교에서 이름난 골칫거리였고, 이디 모건의 동생인

로엔 모건 역시 재미 삼아 동네 애들을 괴롭히는 아이였다. 모건은 대대로 똥멍청이만 생산하는 집안이었는데, 그건 유치장을 밥 먹듯 오갔던 그들 할머니 대부터 널리 알려진 사실이었다. 그 주에도 로엔은 불쌍한 아일라를 붙잡고 시비를 걸었다. 마침 그들 곁을 지나던 코럴이 끼어들어 로엔을 뭉개주었지만, 이 일로 이디 모건이 8학년 교실로 찾아와 코럴을 위협했다. 코럴은 지금 이디 모건에게 복수할 기회를 잡은 것이다.

코럴과 리즈와 앨은 몰래 집을 빠져나와 숲에서 그들을 기다렸다. 코가 떨어져 나갈 추위도 세 사람을 골릴 생각을 하면 견딜 만했다. 한 시간쯤 지나자 제시와 이디와 로아나가 시끄럽게 떠들면서 나타났다. 그들은 술에 취해 비틀거리고 실없이 웃었다. 코럴이 주머니에서 호루라기를 꺼냈다. 고물상에서 찾은 나무 호루라기에서는 높고 낮은 음이 한데 섞여 있는 희한한 소리가 났는데, 가만 들어보면 누가 괴괴하게 웃는 것처럼 들렸다. 어둠 속에서 호루라기를 불자 취한 셋은 동시에 멈춰 섰다. 코럴의 신호에 맞춰 리즈와 앨이 양쪽에서 나무를 흔들었다. 나뭇가지에 묶어둔 빨간색 가죽 장갑이 달빛 속에서 손을 흔들었다. 그다음부터는 간단했다. 제시와 이디와 로아나는 겁에 질려 날뛰었다. 그들은 서로의 그림자를 보고 질겁했다. 나무뿌리를 밟아놓고는 마녀라고 소리쳤다. 그들은 당황한 나머지 숲에서 나가는 길을 바로 코앞에 두고도 찾지 못했다. 셋이 기절했다는 말은 사실이 아니었다. 기절한 사람은 제시뿐이었다. 이디와 로아나는 친구를 버려두고 숲을 헤맨 끝에 간신히 집으로 도망갔다. 그들이 숲에서 당한 일은 금세 부풀려졌다. 이젠 그리델의 모든 아이들이 마녀를 믿게 되었다.

핼러윈 전날까지 마녀 놀이는 재미있는 장난에 불과했다. 적어도 리즈와 앨은 그렇게 생각했다. 그러나 핼러윈 당일 실종 사건이 일어나자 상황이 달라졌다. 그동안 아이들 사이에 떠도는 소문에 신경 쓰지 않았던 어른들까지 마녀를 들먹이기 시작했다. 일이 걷잡을 수 없이 커졌다. 실종은 현실이었고, 마녀 역시 현실이었다. 리즈와 앨은 겁을 먹었다. 그들은 그들이 벌인 장난에 대해 말할 기회를 놓쳤다. 그때 솔직히 밝혔다면 코럴을 찾을 수 있었을까? 리즈는 살면서 수없이 그 생각을 했다. 엄마한테만이라도 고백했다면. 하지만 그 시절 리즈는 오히려 엄마 때문에 진실을 말할 수 없었다. 엄마는 코럴의 실종을 리즈 탓으로 돌렸다. 엄마는 리즈를 원망했다. '왜 코럴이야. 왜 네가 아니라 코럴이냐.' 리즈를 쳐다보는 눈은 그렇게 말하고 있었다. 엄마는 변했다. 어쩌면 리즈가 먼저 변한 건지도 모르지만. 코럴이 없어진 뒤로 둘의 관계는 다시는 회복되지 못했고, 진실을 말할 기회도 영원히 사라졌다.

딜은 눈을 뜨려고 했지만 그럴 수가 없었다. 차가 덜컹거리자 머리가 깨질 것처럼 아팠다. 귓속에서 웅웅거리는 소리가 났다. 딜은 눈 뜨기를 포기한 채 감각과 무감각 사이를 오갔다. 딜을 태운 차는 아주 천천히 움직이다가 이내 멈춰 섰다. 운전하는 사람은 어디로 가야 할지 모르는 것 같았다.

운전자에게 선택지가 많은 건 아니었다. 그중 자작나무 숲이 가장 편하고 쉬운 장소였다. 하지만 의식이 없는 아이를 그곳에 버려두면 자다가 얼어 죽을 게 틀림없었다. 그녀는 악마가 아니었다. 죄 없는 아이가 그냥 죽게 놔둘 수는 없었다. 아니, 아니지. 딜에게 전혀 죄가 없는 건 아니었다. 딜과 루이는 재미 삼아 여기저기 쑤시고 다니면서 마녀 사건의 진실을 알아내려고 했다.

"왜, 왜… 우리를 그냥 놔두지 않고."

운전대를 잡은 사람의 목소리가 떨렸다. 하필이면 오늘 이곳에서 딜과 마주치다니 이게 무슨 우연, 아니 비극인가. 운전자는 병원에서 돌아오는 길이었다. 다 끝났다. 예상했던 일이지만 막상 혼수상태에 있는 딸아이를 보니 숨이 제대로 쉬어지지 않았다. 그래도 몇 달은 더 버틸 줄 알았는데. 아니 몇 주라도. 담당 의사는 이틀을 넘기지 못할 거라고 했다. 이제는 진실을 숨길 이유가 사라졌다. 딸아이의 마지막 소원을 들어주는 일만 남았다. 진작 그랬어야 했다. 그 빌어먹을 진실을 숨기느라 딸아이의 몸에, 마음에 병이 들었다. 운전자는 다시 차를 출발시켰다. 딜을 어디로 데려가야 할지 결정했다. 가자, 아가야. 집으로 가자.

할머니 집에 갔던 리즈 이모는 혼자 돌아왔다. 잠에서 깬 할머니와 함께 버치 가를 샅샅이 둘러봤지만 아무 흔적도 찾을 수 없었다고 이모는 루이에게 말했다.

"핫초코야. 이거 마시고 얼른 자. 딜이 오면 깨워줄게."

이모가 말했다.

"만약에 안 돌아오면요?"

"날이 밝는 대로 경찰 수색이 시작될 거야. 앨이 다 준비해뒀어."

그 말에 루이는 가슴이 덜컥했다. 딜이 실종되었다는 사실이 실감 났다. 코럴 이모처럼 딜 역시 감쪽같이 사라진 것이다. 그럴 수는 없어. 루이는 딜의 방으로 갔다. 어쩌면 딜은 루이에게 메모 같은 걸 남겼을지도 모른다. 친구네 집에 간 줄도 모르고 쓸데없는 걱정을 하고 있는지도. 루이는 딜의 책상과 침대를 훑었다. 메모지 같은 건 없었다. 휴대폰 말고 특별히 없어진 물건도 보이지 않았다. 딜은 옷장에서 가장 두툼한 외투를 찾아 입고 나갔다. 목적지는 친구네 집보다 더 먼 곳이었다. 딜이 이 밤중에 갑자기 가봐야 했던 장소가 대체 어딜까. 루이는 딜이 바닥에 던져둔 옷을 집었다가 구겨진 쪽지 한 장을 발견했다. 스텔라 맥브로이 0319042286.

"이모! 이모!"

부엌에 있던 이모가 앨 형사와 함께 들어왔다. 둘 다 눈가가 퀭했다.

"여기 전화 좀 해보면 안 될까요?"

루이가 쪽지를 내밀었다.

"이 사람이 누군데?"

"저도 몰라요."

"누군지도 모르는 사람한테 지금 전화를 하라고?"

루이는 고개를 끄덕였다.

한 번, 두 번, 세 번. 루이는 초조하게 스피커에서 나는 통화 연결음을 듣고 있었다. 이모 역시 긴장한 표정이었다. 네 번, 다섯 번…. 여보세요?

"밤늦게 죄송합니다. 스텔라 맥브로이 씨가 맞나요?"

"네. 그런데요."

여자는 잠에 취한 목소리로 대답했다. 할머니만큼은 아니어도 꽤 나이 든 음색이었다.

"혹시 그리델의 마거릿 존스라는 분을 아세요?"

"누구라고요?"

"매기 존스 서장님이요."

"…"

"여보세요?"

휴대폰 너머에서 아무 소리도 들리지 않았다.

"여보세요?"

"네."

"매기 서장님을 아시나요?"

이모가 다시 물었고, 나이 든 여자는 크게 숨을 내쉬었다.

"언젠가는, 연락하실 줄 알았어요."

여자가 말했다. 그리고 침묵. 그 침묵의 무게가 얼마나 되는지 아는 사람은 세상에 없었다. 그녀는 그 언젠가가 오늘은 아니기를 바라며 수많은 밤을 보냈다.

전 열아홉 살이었어요. 여자는 침묵을 깬다. 여자는 이야기한다. 35년 전에 시작된 일을 이제 끝내야겠다고 결심했기 때문이다. 지금 생각하면 아이나 다름없지만 그땐 어른이라고 착각했지요. 루이로서는 상상하기 힘든 까마득한 과거가 스피커 속에서 흘러나온다.

스텔라는 아주 작은 마을에서 나고 자랐다. 열아홉 살 생일을 보낸 스텔라는 막 그리델에 도착했다. 손에는 커다란 여행 가방이, 주머니 안에는 추천서와 조경용품 업체의 주소가 적힌 쪽지가 들어 있었다. 그녀는 그리델 시내에 있는 카페에서 커피와 샌드위치를 먹었다. 면접 시간까지 두 시간이 남아 있었다. 스텔라는 시내에 있는 상점들을 구경하면서 천천히 걸음을 옮겼다. 가슴이 뛰었다. 다정하고 사랑스럽고 말 많은 가족들한테서 드디어 독립한 것이다. 벌써 엄마의 치킨 수프가 그립지만, 오늘 밤 엄마 목소리를 들으면 틀림없이 울겠지만, 그건 자유를 위한 어쩔 수 없는 대가였다.

스텔라는 '스미스 조경용품점'이 시내에서 한참 떨어진 곳에 있다는 사실에 실망했다. 낡은 간판도, 흙먼지 날리는 건물도 그녀가 상상했던 것은 아니었다. 자재와 출납을 관리하는 사장 미첼 스미스는 깐깐하기로 이름난 할머니였다. 스텔라가 실수할 때마다 미첼은 깡마른 목에 핏대를 세우며 그녀를 몰아댔다. 미첼의 아들 도미닉이 아니었다면 스텔라는 그 주 안에 독립이고 자유고 다 때려치우고 고향으로 돌아갔을 것이다. 도미닉은 배달을 나가야 할 때를 제외하곤 스텔라 옆에 붙어서 업무를 가르쳐주었다. 정원용 자갈과 배수로에 쓰는 자갈조차 구분하지 못하던 스텔라에게 비료 섞인 흙과 정원용 흙과 공사용 흙의 차이점을 설명해주었다. 스텔라는 차분한 도미닉 덕분에 빠르게 일을 배워나갔다.

"그리고 영화와 드라마에서 닳고 닳도록 나온 일이 저한테도 벌어졌죠."

스텔라는 유부남과 사랑에 빠졌다.

"아기가 태어났을 때 전 그 아기만큼이나 무지하고 미숙하고 혼란스러웠어요. 제가 믿고 의지할 사람은 도미닉뿐이었는데, 그는 아기가 태어나던 날에도, 미첼 스미스가 아기를 데려가던 날에도 내 옆에 없었어요."

스텔라에겐 아무도 없었다. 그녀와 도미닉의 관계를 아는 사람은 극소수였는데, 그중 스미스 집안이 아닌 사람은 매기 서장 단 한 명이었다. 스미스 집안에서 얼마나 심하게 입단속을 했는지 없던 아기가 생겼음에도 그 일로 떠드는 동네 사람이 거의 없었다.

혼자가 된 스텔라는 2년 전 들고 왔던 여행 가방에 짐을 꾸렸다. 스텔라는 그리델에 처음 도착했을 때와 다를 것 없는 모습으로 그리델을 떠났다. 스텔라는 생각했다. 이대로 엄마와 언니들한테 돌아가는 거야. 아무 일 없었던 것처럼, 예전처럼 살면 돼.

스텔라는 1년 뒤에 아무도 모르게 그리델을 찾았다. 그녀는 아기가 기저귀만 입고 마당에 서 있는 모습을 보고 돌아갔다.

다음 해에 그녀는 아기가 개집 옆에서 사과를 먹고 있는 걸 보았다. 손에서 사과가 떨어지자 아기가 울었다. 스텔라는 매년 아기를 보러 갔다. 그건 스텔라가 1년에 한 번 자신에게 주는 고통이자 선물이었다.

"하지만 아일라가 열 살이 되던 해에는 달랐어요."

스미스네 집은 버치 가의 농장 뒤에 있는 크고 오래된 건물이었다. 1층엔 거실과 부엌 그리고 미첼 스미스의 방이 있었고, 2층엔 부부의 방과 세 아이의 방이 있었다. 아일라의 방은 난방도, 전기도 없는 다용도실이었다. 기지개를 켤 수도, 몸을 뒤집을 수조차 없는 그곳이 아일라가 마음 편히 쉴 수 있는 유일한 장소였다. 열 살을 맞던 해 봄에 아일라는 우체통 밑에서 어미를 잃은 박새 새끼들을 발견했다. 일주일 동안 아이는 제 작은 방에서 어미새처럼 새끼들을 먹이고 품었다. 그러던 어느 날 아침에 일어나보니 새끼들이 내장이 터진 채 죽어 있었다. 몸살 때문에 밤새 뒤척이던 아일라가 잠결에 새끼들을 뭉개버린 것이다. 새언니들이 신나게 떠벌린 덕분에 동네 아이들 모두 그 사실을 알게 되었다.

"아이들은 박새 킬러라는 노래까지 만들어 아일라를 놀렸어요."

스텔라는 아일라를 괴롭히는 아이들도 미웠고, 비좁은 다용

도실에서 아일라를 재운 스미스도 원망스러웠다.

"전 아이를 데려가기로 결심했어요. 맨 처음 아일라에 대한 소문을 들었을 때 진작 그랬어야 했는데, 왜 그토록 오래 걸렸을까요."

10월에 다시 그리델을 찾은 스텔라는 고향에서도, 그리델에서도 멀리 떨어진 곳에서 딸과 함께 새로운 삶을 시작할 준비가 되어 있었다. 문제는 아일라가 생모에 대해 전혀 모른다는 사실이었다. 매일같이 구박을 받아도 아일라에게는 스미스 집안사람들이 유일한 가족이었다. 가족이 싫다고 해서 얼굴 한 번 본 적 없는 여자를 무작정 따라올 아이는 없었다. 스텔라는 도움이 필요했다.

"코럴을 만난 건 우연이 아니었어요. 전부터 그 애를 알고 있었지요. 박새 사건으로 아일라를 놀리던 동네 아이들을 꾸짖은 게 코럴이었어요. 아이들은 코럴을 좋아하고 또 무서워하는 것 같았어요."

열세 살은 아직 동심이 있으면서도 어른의 세계를 이해할 수 있는 나이였다. 스텔라는 코럴에게 자기가 누군지 밝히고 모든 이야기를 털어놓기로 했다.

코럴은 스텔라의 계획에 열광했다. 코럴은 자신이 맡은 역할에 벌써부터 감동한 듯했다.

"그 애는 정의감에 불타올라 일의 심각성을 완전히 이해하지 못하는 것 같았어요. 또래에 비해 성숙하기는 해도 여전히 순진한 아이에 불과했던 거죠."

어쨌든 코럴은 일주일 뒤에 스텔라와 다시 만나기로 했다. 코럴은 아일라를 설득해 전철역으로 데리고 나오겠다고 약속했다.

"아무도 알아선 안 돼. 절대 비밀로 해야 돼."

스텔라가 말했다.

"그럼요."

코럴은 즐거워 보였다.

"근데 이미 학교에서 아줌마를 본 애들이 있어요."

"뭐라고?"

"어제 오후에 후문 근처에 계셨죠? 검은 옷 입은 여자가 왔다 갔다 하는 걸 봤다고 미술반 애들이 말하는 소릴 들었어요. 다저녁때 숲에서 농장 쪽으로 걸어간 사람도 아줌마였죠? 워낙 좁은 동네라 낯선 사람은 금방 눈에 띄어요."

스텔라의 안색이 창백해졌다. 이번 일에 두 사람의 인생이 걸려 있었다. 만약 잘못된다면 스텔라는 영원히 아일라를 잃고 말 것이다.

"너무 걱정하지 마세요. 저한테 좋은 생각이 있어요. 음, 그러니까 아일라가 사라진 뒤에 사람들이 그 낯선 여자와 아줌마를 절대 연결시키지 못하도록 만들 거예요. 그 빨간 장갑 저한테 주시면 안 돼요?"

코럴은 약속을 지켰다. 코럴은 모두를 깜찍하게 속였다. 아일라가 실종된 뒤에 생모와 그 사건을 연관시킨 사람은 아무도 없었다. 매기 서장이 스텔라를 떠올리기 전까지는. 하지만 그건 아주 오랜 시간이 흐른 뒤였고, 매기 서장은 결국 스텔라를 찾지 못한 채 골반 수술 후유증으로 세상을 뜨고 말았다.

그해 10월 31일 저녁 다섯 시가 조금 넘은 시각, 코럴은 아일라의 손을 잡고 역 입구 매점 앞에 서 있었다. 전철역은 퇴근하는 사람들로 북적였고 아이들에게 눈길을 주는 이는 아무도 없었다. 스텔라가 나타났을 때 아일라는 코럴의 손을 꼭 잡고 놓지 않았다. 코럴이 아일라의 귀에 뭐라고 속삭이고 나서야 아이는 주춤거리며 엄마에게 갔다. 코럴이 손을 흔들었다. 스텔라와 아일라는 군중 속으로 사라졌다.

"평생의 은인인데, 코럴에게 고맙다는 말도 제대로 하지 못했어요. 전 새로 정착한 곳에서 새 가정을 꾸리느라 정신이 없었어요. 나중에 코럴이 실종되었다는 소식을 들었을 땐… 정말이지."

스텔라는 한숨을 쉬었다.

"그때라도 매기 서장님한테 모든 걸 고백해야 했는데. 아일라를 다시 빼앗길까 봐 용기를 내지 못했어요. 정말 미안해요. 죄송합니다."

전화는 진작에 끊겼지만 아무도 그 사실을 깨닫지 못했다. 25년 전 그날의 전모가 밝혀진 지금 리즈는 어느 때보다 더 혼란스러웠다. 아일라와 코럴은 함께 실종된 게 아니었다. 아일라는 현재 세 아이의 엄마이자 화훼 농장 주인으로 바쁘고 평범하게 살아가고 있다. 그럼 코럴은…. 혹시 코럴도 살아 있는 게 아닐까.

"이모."

루이의 목소리에 리즈는 과거에서 빠져나왔다.

"이 일에 관련된 사람이 누군지 알 것 같아요."

서리 낀 창으로 밖을 내다보고 있던 앨 형사가 놀라서 루이를 돌아보았다.

"25년 전 그날 아일라와 코럴 이모를 목격했던 사람들 말이에요."

루이는 매기 할머니의 노트에서 본 내용을 말했다. 한 사람은 오후 네 시에 동네에서 그 둘을 보았고, 다른 사람은 그 뒤 전철역 근처에서 둘을 보았다.

"그건 스텔라 아줌마의 이야기와 일치해요. 그런데 세 번째 목격자는 완전히 다른 말을 했어요. 저녁 여덟 시에 그 둘이 함께 있는 걸 봤다고 했거든요.”

“으으응.”

리즈 이모가 앓는 소리를 냈다.

“어쩌면 그 목격자는 코럴 이모를 봤을지도 몰라요. 하지만 아일라는 보지 못했죠. 그 사람은 거짓말을 했어요.”

“내 기억이 맞다면 세 번째 목격자는 쿠키 할머니였어.”

앨 형사가 끼어들었다.

“그분이, 그 할머니가 왜….”

그때 이모의 휴대폰이 울렸다.

“네, 엄마. 에? 정말요?”

이모의 표정이 환해졌다.

“대체 어디 갔다 온 거래요? 우리가 얼마나 걱정했는지….
아무튼 정말 다행이에요.”

이모는 앨 형사와 루이는 돌아보며 “딜이 할머니 집에 있대”라고 속삭였다.

“엄마! 잠깐만요. 뭐라고요? 무슨 말인지 하나도 못 알아듣겠어요. 진정하세요, 엄마. 제가 지금 갈게요.”

이모는 전화를 끊었다.

“무슨 일이야?”

앨 형사가 물었다.

"나도 모르겠어. 딜이 돌아왔다고 하더니 갑자기 우시는 거야. 코럴이 죽었다고. 이게 무슨 말인지."

"충격으로 머리가 어떻게 되신 거 아니야?"

"지금 가봐야겠어."

"내가 운전할게."

앨 형사가 일어섰다. 루이도 따라가고 싶었다. 마녀 사건의 마지막 이야기가 바로 그곳에 있다는 걸 직감했다.

"저도 갈게요."

하지만 이모는 고개를 저었다.

"집에 있어. 혹시 할머니 상태가 많이 안 좋으면 바로 병원에 가봐야 하니까."

루이는 실망했지만 고집을 부리지 않기로 했다. 이모는 딜과 할머니만으로도 머리가 복잡할 터였다. 딜이 무사하다는 사실을 알았으니 나머지는 다 괜찮았다. 사실 루이는 스텔라가 들려준 이야기의 충격에서 아직 벗어나지도 못했다. 마녀 사건이 그런 식으로 흘러갈 줄은 예상하지 못했다. 딜이 돌아오면 스텔라의 이야기를 꼭 해줘야지. 코럴 이모는 말이야, 나쁜 아이가 아니었어. 똑똑하고, 재미있고, 착한….

"그건 비극적인 사고였어."

나중에 딜은 루이에게 말했다. 이야기하는 딜도, 가만히 듣고 있는 루이도 울어서 눈이 벌게졌다.

"네가 그 자리에 없었던 게 차라리 다행이야."

딜이 훌쩍거리며 말을 이었다.

"할머니가 그렇게 비통해하시는 모습을 안 봐도 됐잖아. 난 할머니가 돌아가시는 줄 알았어."

정신을 차렸을 때 딜은 거실 조명 아래 누워 있었다. 거실 조명이 전조등만큼이나 밝았기 때문에 딜은 눈을 감고 있었다. 자신이 있는 곳이 할머니 집 소파라는 건 쿰쿰한 냄새로 알 수 있었다. 허기와 갈증이 느껴졌다. 물을 마시고 싶었지만 모든 감각이 돌아올 때까지 가만히 있어야 할 것 같았다.

"걱정하지 마. 추운 곳에 오래 있어서 잠깐 정신을 잃은 거니까."

할머니에게 말하고 있는 사람은 쿠키 할머니였다.

"얘 아까 코 고는 소리 들었지? 괜찮을 거야. 길가에 쓰러지는 걸 때마침 내가 봤으니 망정이지, 큰일 날 뻔했어. 물 끓이지 말라고. 차는 됐어. 나, 나 자네한테 할 말이 있어."

쿠키 할머니는 예의 길고 깊은 한숨을 내쉬었다. 딜은 그만 일어나야겠다고 생각했지만 쿠키 할머니가 계속 이야기하는 바람에 기회를 놓쳤다.

"내가 죄인일세."

딜은 의도치 않게 쿠키 할머니의 고백을 듣게 되었다. 그것은 마녀 사건의 마지막 이야기였고, 어쩌면 유일한 이야기였다.

아일라를 데려다주고 집으로 돌아온 코럴은 다시 밖으로 나갔다. 리즈 이모에게는 목적지를 밝히지 않은 채 곧 돌아올 거라고만 했다. 내일이면 아일라가 실종되었다는 사실이 알려질 것이다. 수색대를 전철역에서 멀리 떼어놓으려면 마녀가 필요했다. 코럴은 자작나무 숲에 빨간 가죽 장갑 한 짝을 떨어트려서 수색대를 혼란스럽게 할 생각이었다. 앨만 입단속을 하면 지금까지 벌인 장난을 들킬 걱정은 없었다. 설사 들키더라도 그땐 아일라와 아일라의 엄마가 안전한 곳으로 도망간 뒤가 될 테니 문제없다. 나중에 리즈와 앨에게 진실을 말해주면 그 애들이 얼마나 놀랄까. 날 대단한 사람이라고 생각하겠지. 자작나무 숲에서 돌아오는 길에 코럴은 무척이나 뿌듯하고 행복했다.

"그날 홀리는 친구들을 만나고 돌아오는 길이었어. 몇 안 되는 회사 친구들이 송별 파티를 해줬다고 하더군. 홀리한테 M1 도로에서 그리델 시내로 들어가지 말고 숲과 곧장 연결된 농장 지름길로 오라고 알려준 사람은 나였어. 그러지 않았으면 좋았으련만."

딜과 루이

춥고 맑은 밤이었다. 아주 가깝진 않지만 친절한 친구들과 마신 칵테일 두 잔 덕분에 홀리는 기분이 좋았다. 회사를 그만 두고 귀향을 선택한 건 잘한 일 같았다. 작업장을 갖는 것, 나만의 작품을 만드는 것은 홀리의 오랜 꿈이었다.

"지름길을 지나 농장 앞 커브 길을 막 돌았을 때 뭔가 차에 부딪히는 소리를 들었대. 처음에 홀리는 작은 동물을 친 거라고 생각했어."

쿠키 할머니는 갑자기 으으으, 하고 통곡했다.

"코럴은 그 자리에서 죽었어. 홀리가 경찰에 신고하려고 하는 걸 내가 말렸어. 내가 자네한테 몹쓸 짓을 했어, 우으으으. 홀리가 유산했다는 것도 거짓말이야. 그날 그 애가 잃어버린 건 아기가 아니라 그 애 자신이야. 홀리를 위한다는 명목으로 내가 그 애 인생을, 자네 인생을 망쳤어. 이 멍청하고 고집 센 늙은이가 그걸 이제 깨달았네. 홀리는 혼수상태에 들어가기 전에, 으으, 휴우, 부탁했네. 자네에게 제발 진실을 말해주라고. 그 애 역시 자네처럼 잠시도 코럴을 잊지 못했던 거야."

홀리의 장례식에 딜의 가족은 아무도 참석하지 않았다. 그들은 대신 딜의 엄마가 있는 공원묘지로 갔다. 리즈 이모는 꽃다발 두 개를 샀다. 하나는 딜의 엄마를 위한 것이었고, 다른 하나는 코럴 이모를 위한 것이었다. 할머니는 나란히 놓인 묘비

들을 손수건으로 닦았다. 할머니는 모두의 예상을 깨고 놀라울 정도로 좋아졌다. 할머니가 원했던 건 어쩌면 이야기의 끝이었는지도 모른다. 실종이란 죽음과 달리 아무것도 끝나지 않은 상태가 영원히 지속되는 거니까. 할머니는 막내딸의 죽음을 애도했듯이 드디어 큰딸의 죽음도 애도할 수 있게 되었다.

넷은 묘지를 나와 카페로 갔다. 점심을 먹고 나서는 베리 가에서 크리스마스 쇼핑을 할 예정이었다. 음료를 마시면서 음식이 나오기를 기다리는데 루이가 딜에게 말했다.

"여전히 풀리지 않는 의문이 있어."

"뭔데?"

"엄마는 왜 일기장에 마녀가 코럴 언니를 잡아갈 거라고 썼을까?"

"네 엄마가 정말로 그런 말을 썼어?"

이모가 끼어들었다. 가족들은 이제 할머니 앞에서 코럴 이모에 대해 말하는 걸 불편해하지 않았다.

"네. 아주 무시무시한 마녀 그림까지 그렸어요."

"난 그 이유를 알 것 같은데."

할머니가 말했다.

"코럴이 네 엄마를 감자라고 불렀기 때문이야."

할머니의 말에 이모가 이해했다는 듯이 큭큭 웃으며 설명

딜과 루이

했다.

"그 주에 할머니가 아주 크고 못생긴 통감자를 잔뜩 사 오셨거든. 코럴이 그중 하나를 잡고서 네 엄마 얼굴하고 똑같다고 놀렸어. 네 엄마가 울거나 화를 낼수록 코럴은 장난기가 발동해서 더 심하게 놀려댔지."

"에휴, 코럴 이모가 좀 심했네요."

루이가 미소 지었고, 이모가 대답했다.

"맞아. 그럴 땐 딱 하트 여왕이지."

"정의를 좋아하는 하트 여왕."

딜이 포크를 집으면서 말했다. 때맞춰 점심 식사가 나왔다.

론스강

로즈는 공원 벤치에 앉아 샌드위치를 먹고 있었다. 보나 마나 빵 부스러기를 잔뜩 흘려서 작은 까치와 흰 아이비스들을 행복하게 만들어주고 있었을 것이다. 아이비스들에겐 확실히 쓰레기통을 뒤지는 것보다 쉬운 일이었을 테지. 그때 그 여자가 지나갔다. 긴 금발머리에 짧은 청반바지를 입은 젊은 여자였다. 여자는 정신 나간 사람처럼 뭐라고 중얼거리며 맨발로 달렸다. 로즈는 자리에서 벌떡 일어나 여자를 쫓아갔다.

로즈가 빅토리아 포인트에 있는 공원에서 죽음을 맞이하던 순간 나는 제니의 이사 준비를 하고 있었다. "공동 주택에 가구랑 가전제품이랑 침구까지 다 있대"라고 제니는 말했다. 그 애는 엄마 품을 떠나는 대학 신입생답게 잔뜩 들떠서 맨몸으로 나갈 기세였다. 하지만 나는 제니에게 남이 쓰던 이불을 덮게 할 마음이 없었다. 멜버른의 겨울은 엄청 추우니 매트리스 위에 깔 양모 패드도 사야 했다. 나는 양모 패드를 고르느라 쇼핑 센터를 두 시간 동안 돌아다녔다. 한여름에 값싸고 질 좋은 양모 패드를 사는 건 마음처럼 쉽지 않았다. 빌어먹을 양모 패드가 아니었다면 로즈의 죽음을 느낄 수 있었을까. 로즈의 숨이 멎었을 때 내 삶의 일부가 사라지는 걸 볼 수 있었을까.

로즈와 나는 가족보다 가까운 사이였다. 우리는 밥 먹을 때와 잘 때를 빼곤 늘 붙어 다녔다. 물론 어릴 때 얘기다. 최근 몇 주 동안은 전화 통화를 한 적도, 만난 적도 없었다. 그래도 우린 여전히 세상에서 서로를 가장 믿고 의지했다. 정기적인 만남이나 전화 통화 같은 걸로 유지되는 얄팍한 사이가 아니었다. 로즈는 왜 그 여자를 따라갔을까. 왜 그래야 했을까. 세상에서 로즈를 가장 잘 아는 나는 대답을 이미 알고 있었다. 그게 로즈의 방식이었다. 누구도 아닌 로즈니까. 로즈는 자신이 위험에 처할 거라는 생각은 조금도 하지 않았을 것이다. 나는 로즈를 늘 사랑했지만, 이번만은 그런 로즈가 원망스러웠다. 그냥 벤치에 앉아 있지 그랬어. 그 여자를 그냥 보내주지 그랬어.

로즈와 내가 처음 만난 건 미세스 피트만의 집 골목에서였다. 미세스 피트만은 2주에 한 번 연금이 나오는 날이면 차를 몰고 울워스에 가 장을 보았다. 그 외에는 혼자 차를 마시고, 정원을 가꾸고, 폭시가 화단을 종종거리며 돌아다니는 걸 보며 하루를 보냈다. 폭시는 그 집에 있는 귀엽고 지저분한 폭스테리어였는데 미세스 피트만은 그 개 빼곤 아무도 좋아하지 않았다. 고양이를 싫어했고, 이웃을 싫어했고, 심지어 20년 전에 죽은 남편도 싫어했다. 무엇보다도 아이들을 싫어했다. 만약 울워스에서 쥐덫처럼 아이들을 잡아 가두는 덫을 팔았다면 미세스 피트만이 가장 먼저 달려가 구입했을 것이다. 그녀는 길 끝에 사는 원주민 꼬마들이 지나갈 때마다 찌를 듯한 눈초리로 그들을 보았다. 미세스 피트만은 타마와 동생들이 자신의 꽃밭에 콜라병을 던졌다는 사실을 잊지 않았다. 그 애들이 콜라병을 던진 이유에 대해서는 까맣게 잊었지만 말이다.

미세스 피트만은 컴트리 로드에서, 아니 레드랜드에서 가장 우아한 국화꽃밭을 가지고 있었다. 레드랜드의 붉고 기름진 흙에선 망고, 파인애플, 딸기, 너트 할 것 없이 뭐든 잘 자랐지만 그녀의 정원에 있는 5월 국화처럼 건강하고 예쁜 것은 없었다. 동네 아이들은 1년에 딱 한 번 그녀의 집에 들어가는 것을 허락받았다. 미세스 피트만은 어머니의 날에 아이들이 다른 집 국화가 아닌 자신의 국화를 가져가 선물하길 바랐다. 아이들은 머리를 빗고, 깨끗한 옷을 입고, 신발을 챙겨 신고 미세스 피트만에게 국화꽃을 좀 꺾어가도 되겠냐고 공손히 물었다. 미세스 피트만은 아이들의 성을 묻고, 아버지의 직업을 묻고, 아이들의 청결 상태를 훑어본 뒤 어디에서 어떤 국화꽃을 몇 송이 꺾어야 하는지 알려주었다. 타마와 동생들도 미세스 피트만을 찾아갔다. 추운 7월에도 맨발로 풋볼과 크리켓을 하는 그들이었지만 그날은 신발과 양말까지 챙겨 신었다.

"안타깝지만 너희들한테는 줄 꽃이 없구나."

미세스 피트만이 말했다. 꽃밭을 둘러보던 타마가 눈을 동그랗게 뜨자 그녀는 이렇게 덧붙였다.

"너희 엄마한테 어울릴 만한 게 없어."

타마는 그 말이 무슨 뜻인지 몰랐다. 타마의 엄마는 동네에서 유명한 술주정뱅이였지만 그건 마이클의 엄마도 마찬가지였다. 마이클은 꽃을 받았다. 개리는 꽃을 받았다. 그 애 엄마는 사기죄로 감옥에 갔다 왔다. 애니는 꽃을 받았다. 애니의 엄마는 아침마다 아이들에게 창문이 흔들릴 정도로 소리를 질렀다. 마거릿은 꽃을 받았다. 헬렌은 받았고, 수잔은 받았다. 타마는 꽃을 받지 못했다. 이 마을에서 꽃을 못 받은 아이는 단둘이었다. 나도 꽃을 받지 못했다.

내가 꽃을 꺾어가도 되는지 작은 소리로 물었을 때 미세스 피트만은 한쪽 입술을 비틀며 되물었다.

"어떤 꽃 말이냐?"

호주에 온 지 겨우 8개월 된 내게 '크리젠서멈chrysanthemum'

은 발음하기 너무 길고 어려운 단어였다.

"뭐라고?"

미세스 피트만은 내 어설픈 발음을 알아듣지 못한 척했다. 몇 번이나 다시 말했지만 미세스 피트만은 고개를 흔들 뿐이었다. 나는 울상이 되어 그 집을 나왔다.

"무슨 일이니?"

집에 오는 길에 한 여자애가 말을 걸었다. 나는 이마만 빼고 온통 주근깨로 덮인 얼굴을 올려다보았다. 양 갈래로 땋은 아이의 머리카락 역시 주근깨처럼 빨간색이었다. 아이는 만화에서 막 튀어나온 것 같았다.

"괜찮아?"

아이는 노란색과 분홍색 국화꽃을 한 아름 안고 있었다.

"나는 꽃이 없어. 나는 나나한테 줄 꽃이 없어."

"미세스 피트만 집에 가면…. 설마, 너한테는 안 준 거야?"

내가 고개를 끄덕이자 아이가 고양이처럼 갸르릉 소리를 내며 미세스 피트만은 못된 암캐라고 했다. 난 깜짝 놀랐고 여자애는 아차, 하며 멋쩍게 웃었다. 나나의 집에선 그런 말을 절대로 할 수 없었다. 나나는 내가 텔레비전에서 본 욕을 따라 하는 걸 듣고는 식초 물을 한 컵이나 마시게 한 뒤 캄캄한 차고에 가두었다. 내게 욕은 맵고, 시고, 따갑고, 캄캄한 것이었다. 하지만 방금 여자아이의 입에서 나온 욕은 더없이 달콤하고 시원했다.

"나 너 알아."

아이가 말했다.

"너 브라운 씨가 입양한 애지? 한국에서 왔다며?"

아이는 입양이라는 어려운 단어를 아무렇지 않게 말했다. 나도 그 단어를 알았다. 한국을 떠난 뒤로 지겹게 들어온 말이었다. 내가 떠나온 곳, 내가 있어야 할 곳이 떠올랐다. 동두천 은혜원 친구들이, 딱딱하게 굳은 은혜원 밥이, 한국말이, 한국 학교가 그리웠다. 호주 학교의 운동장은 흙이 아닌 잔디로 덮여 있었다. 잔디밭에선 혼자 그림을 그리며 놀 수도 없었다. 여자아이가 한국에 대해 물어본다면 난 울어버릴지도 몰랐다.

"세상에 너 그 박물관 같은 집에서 어떻게 사니?"

여자아이는 대신 이렇게 말했고, 나는 얼마 전 견학 갔던 박물관을 생각하며 호주에 온 뒤로 처음 웃었다. 실제로 나나와 다이의 집은 박물관처럼 깨끗하고 어두웠다. 그들은 친절했지만 내가 장식품에 손을 대는 것은 물론이고 문을 세게 닫거나 쿵쿵거리며 걸어 다니는 것도 금지했다. 저녁 여덟 시면 집 안의 모든 창문이 닫혔고, 불이 꺼졌고, 나는 억지로 침대에 들어가야 했다. 도마뱀붙이들이 벌레를 찾아 돌아다니는 소리를 제외하면 아무것도 없는 어둠이 숨 막히게 답답했다.

나나와 다아는 평생 자식 없이 살아온 노부부였다. 교회에 나가는 것과 성경을 읽는 것과 퀴즈쇼를 보는 것 말고는 취미도 없었다. 그들의 단순하고 만족스러운 생활에 갑자기 내가 이물질처럼 끼어든 것이다. 나는 나나와 다아가 뒤늦게 아이를 입양하기로 결심한 이유가 늘 궁금했는데, 여러 이야기를 종합해보면 그건 한 선교사 때문이었다. 어느 날 그들이 다니는 교회에 한국에서 선교 활동을 마치고 돌아온 젊은이가 찾아왔다. 설교대 앞에 선 그의 이야기를 듣는 동안 나나와 다아는 문득 자신들이 하나님을 만나러 갈 때가 머지않았다는 사실을 깨달았고, 그 전에 눈에 띄게 선한 일을 한 가지 정도는 해야 하지 않을까 하고 생각했다. 그렇게 교회의 주선으로 강이라는 이상한 이름을 가진 다리가 길고, 얼굴에 보조개가 있고, 머리숱이 쇠털처럼 많은 여덟 살짜리 아이를 만나게 된 것이다.

나를 만나기 전까지 그들이 한국에 대해 아는 것이라고는 겨울이 무척 길고 춥다는 사실뿐이었다. 한동네에 사는 다아의 사촌이 한국전쟁에 나갔다가 동상에 걸려 한쪽 다리를 잃었기 때문이다. 그 사촌 할아버지는 나를 볼 때마다 끔찍하게 쌓인 눈과 꽁꽁 얼어붙은 강물에 대해 이야기하고 싶어했다. 그는 한국의 추위가 총알보다 더 무서웠다고 했다. 나는 그 말이 좀 바보 같다고 생각했다. 동상에 걸리면 콩주머니를 차면 되지만 총알에 맞으면 살을 꿰매야 하니까. 사촌 할아버지는 그 사실을 몰랐던 모양이다. 은혜원 작은 원장님이 겨울마다 내 손발에 콩이 담긴 양말을 신겨주지 않았다면 나도 어떻게 됐을지 모를 일이었다.

　나나와 다아는 무자비한 겨울의 나라에서 온 나를 아껴주었다. 그들은 내게 샤워하는 법을 가르쳐주고, 영양가 있는 음식을 먹이고, 책과 옷을 사주었다. 포크와 나이프를 쓰는 법을 가르쳐주고, 수영 강습을 받게 하고, 바른 말을 쓰게 하고, 성경을 읽어주었다. 그들에게는 지금까지 살아온 그들만의 삶의 방식이 있었고, 그 방식과 철학에 따라 나를 사랑했으며, 자신들이 꽤 잘하고 있다고 믿었다. 그건 사실이었다. 하지만 나는 여전히 은혜원으로 돌아가고 싶었다. 가서 명자 언니의 머리를 묶어주고, 명자 언니가 귀를 파줄 수 있게 언니 무릎 위에 눕고 싶었다. 작은 원장님이 빨래 터는 소리를 듣고, 신천교 밑에서 사방치기를 하고, 미자와 선영이가 다투는 소리를 듣고 싶었다. 내 눈에 눈물이 고였다. 툭, 하고 눈물방울이 떨어졌다. 툭, 툭.

　나는 집으로 걷기 시작했다. 여자아이가 따라왔다. 우리는 말없이 걸었다. 나는 소매로 눈물을 훔쳤다. 내가 집 앞에 멈춰 섰을 때 아이는 자기가 안고 있던 국화꽃 다발을 내밀었다.

로즈 강

"이거 가져."

여자아이는 왔던 길을 되돌아 달려갔다. 아이의 이름은 로즈였다.

로즈가 없다. 로즈가 왜 없는 거지. 나는 울지 않으려고 안간힘을 썼다. 그날 쇼핑에 정신이 팔리지 않았다면 어땠을까. 로즈가 샌드위치를 먹고 있을 때 내가 전화를 걸었다면. 제니가떠난대. 내 아기가 다 컸어. 이번 주말에 우리 집으로 와. 나 완전히 망가질 것 같아. 로즈는 내 푸념을 듣느라 공원에 있는 젊은 여자를 보지 못했을 것이다. 그랬다면 로즈도, 그 여자도 운명이 달라졌겠지.

로즈는 팔과 등과 목에 자상을 입었다. 구급차가 도착했을 땐 피를 너무 많이 흘려서 의식을 잃은 상태였다. 로즈가 이 세상에서 마지막으로 본 게 그 젊은 여자의 겁먹은 얼굴이었다는 사실이 가슴 아프다. 그 자리에 내가 있어야 했다. 죽어가는 로즈의 손을 꼭 잡고 괜찮다고, 사랑한다고 말해주어야 했는데.

로즈의 따뜻하고 촉촉한 손이 그립다. 거침없는 말투가, 냄새가 그립다. 어린 시절 로즈에게선 늘 건초 냄새가 났다. 흙냄새, 말똥 냄새, 젖은 풀 냄새가 날 때도 있었는데 그런 로즈 옆에 설 때마다 나는 고향에 온 것처럼 포근한 기분이 들었다. 은혜원 주변엔 논밭이 없었고, 신천교 아래에는 근처 염색 공장에서 내보낸 오수만 흘렀는데도 말이다.

우리가 두 번째로 만난 날, 로즈는 땀을 뻘뻘 흘리며 타이어를 굴리고 있었다. 버스 정류장 갓길에 버려진 타이어를 본 순간 로즈는 집 뒷마당에 있는 커다란 참나무에 그네를 달아야겠다고 결심했다. 평일의 버스 정류장엔 오가는 사람들이 많았기 때문에 로즈는 토요일 아침이 될 때까지 기다렸다. 마침내 토요일이 되자 로즈는 안 일어나겠다고 버티는 동생 릴리를 깨워 정류장으로 갔다. 타이어를 오르막길로 밀어 올리느라 가뜩이나 붉은 로즈의 얼굴이 더 붉어졌다. 릴리가 타이어로 그네 말고 군사 기지를 만들자고, 안 그러면 도와주지 않겠다고 떼를 쓰는 바람에 힘이 두 배로 들었다.

"손가락만 대지 말고 힘껏 밀어."

"이거 나한테 줄 거지? 전쟁터 만들 거란 말이야."

"안 돼."

"언니도 우리 편에 들어오게 해줄게."

"거기 좀 잡아. 너 때문에 뒤로 밀리잖아."

"줄 거야?"

"안 된다고 했잖아."

릴리는 로즈의 발을 힘껏 밟았다. 로즈가 비명을 질렀다. 나는 그때 나나의 심부름으로 빵집에서 갓 구운 하이톱 한 덩어리를 사서 돌아오는 길이었다. 말랑말랑하고 두툼한 흰 식빵은 내가 가장 좋아하는 아침 메뉴였다. 버터 없이 입안에 넣고 우물거리면 맨쌀밥을 씹은 것처럼 밍밍하고 고소한 맛이 났다. 나는 봉지에 얼굴을 대고 빵 냄새를 맡았다.

"야! 거기! 조심…."

시끄러운 소리에 고개를 드니 시커멓고 거대한 무언가가 굴러오고 있었다. 나는 당황해서 비틀거리다가 바닥에 넘어졌다. 타이어가 발목 옆을 스쳐 지나갔다. 로즈가 절룩거리며 뛰어왔다.

"괜찮아?"

로즈가 겁먹은 소리로 물었다. 나는 로즈를 물끄러미 올려다보았다.

"괜찮아?"

내가 고개를 끄덕이자 로즈는 그제야 안심한 듯 손을 내밀었다.

우리는 도랑에 빠진 타이어를 끌어올려 로즈의 집까지 밀고 갔다. 로즈의 엄마는 참나무 밑에 타이어를 던져놓고 우리를 부엌으로 데려갔다. 우리는 나란히 앉아 아이스티를 마시고 건포도가 든 비스킷을 먹었다. 그사이 로즈의 엄마는 오븐에 스콘을 구웠다. 그녀는 내가 집에 돌아가서 납작하게 눌려 못 먹게 된 식빵 때문에 혼나지 않도록 정갈한 필체로 쓴 쪽지와 스콘, 라즈베리 잼 한 병을 바구니에 넣어서 주었다. 난생처음으로 친구와 친구 가족이 생긴 날이었다.

젊은 여자의 이름은 엘리아나라고 했다. 나는 그 여자의 이름을 기억하지 않으려고 애썼지만 소용없었다. 앞으로는 거리에서 엘리아나라는 이름을 들을 때마다, 금발로 염색한 긴 머리나 마스카라가 번진 파란 눈을 볼 때마다 로즈의 죽음이 생각날 것이다. 그러고 보니 제니의 고등학교 친구 중에도 엘리아나가 있었던 것 같다. 댄스 아카데미에서 제니를 괴롭혔던 애였다. 아니, 걔는 루이즈였나. 제니한테서 또 전화가 왔다. 내가 걱정되는 모양이었다. 제니는 장례식 때문에 이사를 미루다가 며칠 전에야 떠났다. 공항으로 가는 택시에 여행 가방을 실어주면서 나는 울지 않았다. 로즈 때문에 눈물이 다 말라버린 탓이었다. 제니는 전화로 새 학기 준비를 어떻게 하고 있는지 떠들었다. 공동 주택에 사는 친구들에 대해서, 시나몬 와플이 맛있는 근처 카페에 대해서도. 제니는 가능한 한 나를 로즈의 죽음에서 떼어내려고 했다. 그 애는 내가 지난 이틀간 집 밖으로 나가지 않았다는 사실을 모른다. 나는 온종일 로즈와 함께 거실 소파에 앉아 있었다. 불쌍한 제니. 그 애는 어려서부터 로즈를 잘 따랐는데. 열 살 때는 로즈의 집으로 입양 보내달라고 조르는 바람에 얼마나 속상했는지 모른다. 사춘기 시절 제니의 고민은 모두 로즈를 통해 내게 들어왔다. 그 애가 멜버른에 있는 대학에 가고 싶어한 것도 로즈의 영향이 컸다. 제니는 지금 나 때문에 로즈의 죽음을 제대로 슬퍼하지도 못한다.

— 내 걱정 그만하고 친구들이랑 좋은 시간 보내. 차이나타운에서 불고기도 사 먹고. 나 대신 관광 마차도 타고.

— 이번 주에 애들이랑 한국 식당에 가기로 했어. 근데 마차는 이제 못 타, 엄마. 시에서 금지했거든.

— 안타깝네. 한번 타보고 싶었는데. 하긴 아스팔트 위를 걷는 말들이 불쌍하긴 하지. 너 머짐바 알지? 어렸을 때 여러 번 얘기해줬잖아.

나는 제니가 기껏 피해 간 로즈 이야기로 다시 돌아왔다. 나도 어쩔 수가 없었다.

머짐바는 우리와 유년을 함께 보낸 친구였다. 배가 항아리처럼 둥글고 이빨이 새까만 늙은 암컷 조랑말은 원래 목장을 하는 로즈의 삼촌 집에서 하는 일 없이 찬밥 신세로 지냈다. 그러던 어느 날 토끼굴에 발이 빠져 접질리는 바람에 안락사시키려던 걸 로즈의 엄마가 데려왔다. 우리는 처음부터 머짐바와 사랑에 빠졌다. 당근을 받아먹을 때마다 웃는 것처럼 벌어지는 입도 마음에 들었고, 말인 주제에 아무도 등에 태우려 하지 않는 고집스러움도 좋았다. 목장에서 엄살을 부린 건지 머짐바의 접질린 발목은 로즈네 집에 도착하자마자 깨끗이 나았다.

학교가 끝날 때면 머짐바는 작은 울타리 사이로 고개를 내밀고 로즈와 나를 기다렸다. 우리는 머짐바를 데리고 코튼 크리크로 갔다. 그곳엔 수영하기 좋은 웅덩이가 몇 군데 있었다. 흙이 붉은색이라 밖에서 보면 깊이를 짐작하기 어려웠지만 로즈와 나는 어디가 좋은지 정확히 알았다. 머짐바는 물에 얌전히 들어가는 법이 없었다. 물만 보면 나이를 잊은 채 짧은 발을 치켜들고 엄청난 물보라를 일으키며 풍덩 뛰어들었다. 그러면 바위에 앉아 있던 거북이들이 돌멩이처럼 물속으로 쏙쏙 들어갔다. 로즈와 나는 수영을 하고, 물고기를 잡고, 서로 다이빙 점수를 매겼다. 베지마이트 샌드위치를 먹고, 잔가지를 모아 불을 지피고, 이유 없이 키득거리고, 머짐바가 미끄러운 곳으로 내려가려고 할 때마다 길게 휘파람을 불어 멈춰 세웠다. 그렇게 보낸 평일 오후가 내겐 가장 행복한 유년의 기억이었다. 우리의 평화로운 시간을 방해하는 것은 어른들의 심부름과 꼬마 릴리뿐이었다.

나는 어린 릴리를 무서워했다. 릴리가 옆에 있으면 언제 무슨 일을 당할지 몰랐다. 로즈의 집에서 면도칼로 머리카락을 잘린 뒤로 나는 그 애 근처엔 얼씬도 하지 않았다. 릴리가 가장 잘하는 것은 거짓말이고, 두 번째로 잘하는 것은 남을 괴롭히는 일이었다. 릴리는 밭이나 초원을 돌아다니며 커다란 갈색 메뚜기들을 잡곤 했다. 동네 여자아이들은 메뚜기를 무서워했는데, 다들 한 번씩 긴 머리카락에 메뚜기가 달라붙어 떨어지지 않은 경험이 있어서였다. 릴리도 그 사실을 잘 알고 있었다. 릴리는 메뚜기를 들고 낄낄거리며 사냥꾼처럼 여자애들 뒤를 쫓아다녔다. 그렇게 놀다가 싫증이 나면 메뚜기를 깡통에 넣어 태웠다. 메뚜기들은 통 속에서 탁탁 튀어 오르다가 지글거리는 소리와 함께 잠잠해졌다.

나는 릴리가 정원에 사는 푸른혀도마뱀을 뾰족한 가지로 마구 찔러대는 광경도 목격했다. 내가 로즈에게 말하자 로즈가 다시 엄마에게 말했고 로즈 엄마는 릴리에게 불같이 화를 냈다. 릴리는 자기가 왜 혼나야 하는지 이해하지 못했다.

"왜 그러는 거야! 도마뱀 피가 빨간색인지 파란색인지 보고 싶어서 그랬는데."

결국 나는 고자질한 대가를 치러야 했다. 내 몸에서 며칠 동안 고약한 냄새가 빠지지 않았는데, 그때 릴리가 한 짓에 대해서는 별로 생각하고 싶지 않다.

나는 장례식에서 아주 오랜만에 릴리를 만났다. 검은색 민소매 드레스를 입은 릴리는 아름답고 슬퍼 보였다. 단발로 자른

빨강 머리마저 차분히 가라앉아 있었다. 고집불통에 잔인하고 되바라진 꼬마 릴리는 어디에도 없었다. 나는 릴리가 크면 사기꾼이나 살인자나 약쟁이가 될 거라고 확신했다. 하지만 릴리는 멀쩡히 살아 있고, 감옥이 아닌 시드니의 한 소프트웨어 업체에서 일하고 있다. 그게 인생이다. 평범한 삶이다. 로즈, 듣고 있니? 나는 나무 상자를 곰 인형처럼 껴안았다. 너도 그렇게 살아야 했어. 죽지 말아야 했다고.

그러고 보면 죽음은 나와 상관없는 것 같으면서도 늘 가까이 있었다. 로즈와 나는 코튼 크리크에서 처음으로 죽음과 마주쳤다. 열한 살 무렵이었다. 그때 우리는 숲에 사는 요위에 관한 괴담에 꽂혀 있었다. 요위는 털북숭이 유인원처럼 생긴 거대한 괴물이다. 숲을 걷다가 난데없이 돌이나 나뭇가지에 맞으면 십중팔구 요위의 소행인데, 어찌나 힘이 센지 어른 몇이 달라붙어도 이 괴물을 상대할 수 없다고 했다. 요위가 어린아이들을 잡아먹는다는 소문은 없었지만 숲에서 캠핑을 한 아이들이 영영 못 돌아왔다는 얘기는 많았다. 로즈와 나는 수영을 한 뒤 나무 그늘 밑에서 요위에 대해 떠들고 있었다. 그때 머짐바가 불안한 듯 귀를 팔랑거렸다. 그러다 갑자기 콧소리를 내며 물가로 뒷걸음질 치는 바람에 우리는 깜짝 놀라 자리에서 일어섰다. 요위 같은 건 안 무섭다고 큰소리치던 로즈가 내 팔을 붙

로즈 강

잡았다.

"아야!"

어디서 날아온 돌이 로즈의 등을 때렸다. 곧이어 내 얼굴에도 돌멩이가 날아들었다. 평일 오후의 코튼 크리크는 우리의 비명에도 아랑곳없이 고요했다. 지난 주말에 내린 비 때문에 지저분해진 물가로 산책 나온 사람은 아무도 없었다. 돌 한 무더기가 다시 우리에게 날아들었고 나는 도망갈 길을 찾아 우왕좌왕했다.

"잠깐!"

로즈가 말했다.

"저 소리… 들려?"

나는 로즈가 가리키는 쪽을 보았다. 바람도 없는데 풀숲이 흔들렸다. 이젠 내 귀에도 누군가 작게 킥킥거리는 소리가 들렸다. 로즈의 얼굴이 냄비에 든 딸기잼처럼 부글부글 끓었다.

"릴리 힐!"

로즈가 외쳤다.

"당장 나와!"

풀숲에서 작은 여자애가 기어나왔다. 막대기처럼 깡마른 릴리는 웃느라 정신이 없었다. 그 애의 머리카락은 햇빛 때문에 활활 타오르는 불꽃처럼 보였다. 릴리의 얼굴은 로즈와 달리 주근깨 없이 새하얬고 그 때문에 빨간 머리가 더 도드라졌다. 하지만 릴리를 진저헤드라고 놀리는 용감한 아이는 없었다.

"언니 나한테 거짓말했어."

릴리가 로즈에게 따졌다.

"크리크에 데려간다고 했잖아. 왜 혼자 도망갔어?"

"나 도망간 적 없거든. 그리고 너 데려간다고 한 적도 없어."

"했어! 했어! 했어! 이 엉덩이 냄새나는 거짓말쟁이야."

"너 정말!"

나는 로즈와 릴리가 또 싸울 거라고 생각했다. 둘은 한번 불이 붙으면 무섭게 싸웠다. 그들을 떼어놓을 수 있는 사람은 로즈 엄마뿐이었는데, 그녀는 개싸움을 말리듯 그들에게 물을 퍼부었다. 나는 둘에게서 멀찌감치 떨어지려고 하다가 머짐바가 없어진 것을 알아챘다.

"머짐바!"

내가 손뼉을 치며 소리쳤다. 로즈도 싸움을 멈추고 주변을 둘러보았다. 크리크 상류 쪽에서 작게 철벅거리는 소리가 들렸다. 로즈와 나는 머짐바를 뒤쫓기 시작했다. 코튼 크리크 상류는 쿨룸 강 지류와 가까워 수심이 깊어졌다 얕아졌다 종잡을 수가 없었다. 로즈는 턱이 아프도록 휘파람을 불었다. 우리는

로즈 강

물속에서 미끄러지며 계속 걸었다. 마침내 썩은 나무둥치 너머에서 첨벙거리는 발굽 소리가 들렸다. 로즈가 머짐바를 부르자 첨벙거리는 소리가 더 커졌다. 우리는 나무둥치를 돌아가기 위해 크리크 한가운데로 헤엄쳤다. 까치발을 해도 바닥이 닿지 않는 웅덩이를 지나 다시 얕은 곳으로 나왔다. 그리고 그 일이 일어났다.

맨 처음 보인 건 분홍색 샌들 한 짝이었다. 서너 살 된 아이가 신을 만한 크기였는데, 수면 바로 밑에서 떠올랐다 잠겼다 하며 물고기처럼 움직였다. 우리는 누군가 물놀이를 하다가 잃어버린 거라고 생각했다. 얼마 뒤 그 신발의 주인공이 나타났다. 하얀 원피스를 입은 작은 공주님이었다. 물살을 따라 내려오느라 몸이 약간 틀어져 있었다. 아이는 하늘을 똑바로 올려다보고 있었다. 금빛 머리카락이 물풀처럼 퍼져 이리저리 춤췄다. 원피스 밑으로 귀여운 발가락들이 나와 있었다. 노을빛이 아이의 얼굴을 비추었지만 아이는 눈을 뜬 채 가만히 있었다. 아이는 동화 속 나라에서 길을 잘못 든 것 같았다. 마법의 문이 열려 코튼 크리크까지 떠내려온 것이다. 공주님은 이런 곳에 혼자 있으면 안 될 텐데. 잠이 들었나. 깨워야 할까. 로즈와 나는 서로 쳐다보았지만 아무 말도 하지 않았다. 누구도 먼저 공주 가까이 갈 엄두를 내지 못했다. 그때 파리 한 마리가 아이의 코로 들어갔다. 로즈는 "헉!" 소리를 냈다. 두 번째 파리가 아이의 뺨 위를 기어다니다가 재색 눈동자에 자리 잡았다. 나는 그 무례함에 화가 나서 얼굴을 붉혔다. 숨을 쉴 수 없었다. 꿈을 꾸는 것 같았다.

"시체다!"

제방 길로 우리를 따라온 릴리가 소리쳤다.

"내가 봤어! 내가 제일 먼저 봤어!"

릴리는 둔덕에 서서 팔을 휘둘렀다.

"이거 내가 찾았다고 말할 거야."

나는 울고 싶었다. 릴리의 입을 다물게 할 수 있다면 뭐든 할 수 있을 것 같았다. 누구라도 저런 식으로 말하면 안 되었다.

"입 닥쳐."

로즈가 말했다.

"너나 닥쳐."

릴리는 신이 나서 마을로 달려갔다.

릴리가 떠나자 크리크에 정적이 찾아왔다. 작은 아이는 물거품이 이는 급류 속으로 사라졌다가 떠올랐다. 파리들이 갈 곳을 잃고 붕붕거리다가 다시 아이의 몸에 앉았다. 여자아이는 로즈와 내게서 멀어졌다.

아이가 떠내려가는 방향을 따라 크리크를 내려가기 시작한

건 로즈였다. 저대로 내버려둘 수 없다고 생각한 듯했다. 우리는 물가로 나와 장례 행렬처럼 조용히 걸었다. 어느새 나타난 머짐바가 멀찍이 떨어져서 우리 뒤를 슬금슬금 쫓아왔다. 하늘빛이 변했다. 장밋빛 노을 속에서 초저녁의 짙푸른 공기가 느껴졌다. 마치 현실이 아닌 환상 세계에 와 있는 기분이었다. 등 뒤에서 바람이 불었다. 작은 물살에 아이의 몸이 하늘거렸다.

돌아가고 있다고 나는 생각했다. 아이는 동화 속 나라로 가고 있었다. 로즈와 나는 길 잃은 공주를 성 입구로 데려다주는 중이었다. 성문 앞에서 걱정스러운 얼굴로 서 있던 왕비가 공주를 보면 활짝 미소 짓겠지. 공주는 커서 여왕이 될 몸이었다. 왕비는 우리에게 근사한 선물을 내릴 것이다. 모든 게 다 잘될 거야. 나쁜 일은 하나도 일어나지 않았어.

"여기다!"

멀리서 릴리가 동네 아이들을 끌고 달려왔다.

"여기 있다!"

릴리가 방방 뛰었다.

꼬마들이 가장 먼저 왔고, 동네 입구에 모여 앉아 있던 십대들이 어슬렁거리며 왔다. 뒤늦게 소식을 들은 어른들이 왔다. 마지막으로 경찰차와 구급차가 도착했다. 제복을 입은 사람들이 아이의 샌들을 가져갔다. 아이의 몸에 손을 대고 아이의 물건을 함부로 만졌다. 누구도 아이를 공주라고 부르지 않았다. 아무도 아이에게 무릎 굽혀 인사하지 않았다. 시간이 갈수록 더 많은 사람들이 왔다. 무언가 묵직한 것이 내 가슴을 눌렀다. 아이를 처음 보았을 때보다도 시체를 보려고 온 사람들을 보았을 때 죽음이 훨씬 더 잔인하고 사실적으로 다가왔다. 로즈와 나는 서둘러 그 자리를 빠져나왔다.

우리는 머짐바와 함께 집으로 돌아왔다. 반나절 만에 세상이 변한 것처럼 느껴졌다. 그 낯선 기분을 어떻게 표현해야 좋을지 알 수 없었다. 우리는 말없이 머짐바를 껴안고 쓰다듬었다. 반나절 전이나 지금이나 여전히 같은 세상에 살고 있는 늙은 짐승이 우리를 위로해주었다.

빅토리아 포인트 공원에서 벌어진 추격전과 칼부림은 7번 채널에서 대대적으로 보도되었다. 나는 뉴스를 보지 않았다. 로즈의 사진과 이름이 텔레비전에 나오는 걸 참을 수 없었다. 그들이 로즈에 대해 아는 척하는 것도 듣기 싫었다. 그들은 로즈에 대해 아무것도 몰랐다. 누구도 로즈에 대해 함부로 이야기하면 안 되는 거였다.

생각보다 훨씬 많은 사람들이 로즈의 장례식에 참석했다. 그중 로즈의 죽음을 진짜 애도해서 찾아온 사람이 얼마나 될지는 알 수 없었다. 장례식장에는 로즈와 전혀 어울릴 것 같지 않은 사람들이 호기심 어린 시선을 던지며 서 있었다. "내가 죽으면…" 어릴 적 우리는 이런 상상을 자주 하고 놀았다. "하얀 드레스를 입고 화려한 꽃이 가득 깔린 관에 공주님처럼 누워 있을 거야." 나는 말했다. 로즈는 장례식 같은 건 싫다고 했다. 꽃이 피는 들판에서 그냥 잠들고 싶어. 소풍 나온 것처럼 말이야. 로즈는 마지막으로 하늘을 보고, 새들의 노래를 듣고 싶다고 했다. 너랑 우리 가족만 있으면 돼. 나는 장례식장을 가득 채운 낯선 사람들로부터 로즈를 지켜주고 싶었다. 하지만 로즈의 죽음은 너무 유명해졌다.

"인터뷰 좀 할게요. 로즈 힐 씨 친구 맞죠?"

장례식이 끝나고 지역 신문에서 나온 기자가 따라붙었다.

"귀찮게 안 해요. 간단하게 몇 가지만 물어볼게요. 평소에 로즈 씨는 어떤 사람이었어요?"

나는 걸음을 멈추고 나이 어린 기자를 물끄러미 보았다. 그녀는 기대에 찬 표정으로 마이크를 들이밀었다. 그녀는 이번 사건을 범죄자와 희생자와 영웅이 나오는 드라마로 만들고 싶은 모양이었다. 슬픈 건지, 화가 나는 건지 알 수 없었다. 나는 로즈에 관한 수많은 이야기를 알고 있었다. 그 이야기 하나하나가 다 로즈였다. 로즈가 어떤 사람이었냐고? 나는 기자에게 머짐바 얘기를 해줄 수 있었다. 듣는 사람만 있다면 로즈에 대해 밤새 말할 수도 있었다. 나는 한숨을 쉬고 마이크를 기자 쪽으로 밀어냈다. 천천히 주차장으로 내려갔다. 진짜 로즈의 이야기는 신문에 실리지 못할 테니까.

생각해보면 우리 유년의 일부는 코튼 크리크 사건을 기점으로 끝이 났다. 그 뒤로 많은 것이 바뀌었다. 가장 많이 변한 건 머짐바였다. 크리크에서 돌아와 배앓이를 한 뒤로 머짐바는 상태가 계속 나빠졌다. 발굽 염증이 심해졌고, 먹이를 거부해 항아리 같던 배가 쏙 들어갔다. 비 오는 날 악착같이 등에 오르는 릴리를 매달고 흙탕물에 철퍼덕 드러눕는 일은 이젠 꿈도 못 꿨다. 로즈의 엄마는 머짐바에게 주는 진통제의 양을 늘렸다. 로즈와 릴리는 마지막 몇 주 동안 머짐바와 함께 헛간에서 잠을 잤다. 크리스마스 날 아침에 머짐바는 사과 하나를 겨우 다 먹고는 죽었다. 머짐바는 뒷마당 참나무 그늘 밑에 묻혔다.

해가 바뀌고 릴리는 학교에 입학했다. 시체를 본 1학년은 아무도 없었기에 릴리는 기고만장했다. 릴리는 점심시간마다 아이들을 몰고 화장실, 미끄럼틀, 나무숲을 돌아다니며 좀비 놀이를 했다.

로즈와 나는 학년이 바뀐 뒤로 완전히 어른이 된 기분이었다. 우리는 더 이상 크리크에 가지 않았다. 수영은 어린애들이나 하는 짓이었으니까. 학교가 끝나면 우린 곧장 지나의 오두막으로 갔다. 그곳은 옛날에 산불이 난 뒤로 방치된 낡은 집이 었는데, 얼마 전까지 동네 십 대들이 우글거렸다. 그들이 더 넓고 더 외진 곳에 있는 빈집을 찾아낸 덕분에 지나의 오두막은 로즈와 내 차지가 되었다. 참혹한 겉모습과 달리 오두막 실내는 그럭저럭 쓸 만했다. 우리는 며칠 동안 쓰레기를 치우고 바닥 청소를 했다. 로즈의 엄마한테서 천을 빌려와 깨진 창문을 가리고, 낡은 쿠션도 가져왔다. 문틈으로 벌들이 날아드는 것만 제외하면 더할 나위 없이 완벽한 아지트였다.

　나는 벌이 싫었지만 로즈는 일부러 설탕물을 만들어 창가에 놓아두기도 했다. 벌떼는 마을 외곽에 있는 양봉장에서 날아왔다. 양봉장은 어린 우리에게 미스터리 같은 곳이었다. 양봉 마을 사람들은 하나같이 새하얀 옷을 입고 커다란 밀짚모자를 쓰고 다녔으며 그들만의 교회를 중심으로 작은 공동체를 이루고 살았다. 그곳은 여자들의 세계였다. 어린 자녀와 함께 가출했거나 집에서 쫓겨난 여자들이 그곳을 안식처로 삼았다. 그들은 상처받았고, 사회와 타인에 대한 불신이 큰 만큼 자기들끼리 똘똘 뭉쳤다. 양봉 마을 아이들은 학교에 다니지 않았기 때문에 동네 아이들의 부러움을 샀다. 언젠가 내가 양봉 마을 아이들처럼 학교에 안 갔으면 좋겠다고 하자 나나는 크게 화를 냈다. 아이들이 학교에 안 다니는 건 잘못이고, 그 여자들의 믿음 역시 잘못된 거라고 했다. 여자들은 악몽 같은 생활에서 자기를 구해준 공동체의 리더를 구세주처럼 따랐는데, 나나는 전직 교사인 그들의 리더를 여왕벌이라고 부르며 비꼬았다. 나는 나나가 하는 말의 절반도 이해하지 못했고 별로 신경 쓰지도 않았다. 양봉 마을은 나와는 전혀 관계없는 세계였다. 적어도 코튼 크리크에서 시체가 떠내려오기 전까지는 그랬다.

공주님의 이름은 에밀리였다. 그날 네 살 생일을 맞은 에밀리는 언니들과 놀다가 길을 잃고 혼자 크리크에 들어갔다고 했다. 양봉장 어른들이 일을 나가면 작은 아이들을 돌보는 건 큰 아이들의 몫이었다. 큰 아이들은 한눈을 파는 일이 잦았고, 작은 아이들은 늘 놀다가 길을 잃었다. 에밀리의 죽음은 비극이었지만 모든 비극이 그렇듯 명백한 이유가 있었다. 동네 어른들은 위로의 뜻을 전하기 위해 양봉 마을을 찾았다. 에밀리를 위한 추도회를 열었고, 교회에서 성금도 걷었다. 하지만 양봉장 사람들은 아무것도 받지 않았다. 그들은 문을 닫아걸고 자기들끼리 슬퍼하기로 작정한 것 같았다.

우리가 제인을 본 건 먹구름이 잔뜩 내려온 날 오후였다. 로즈가 일기장을 두고 오는 바람에 우린 이날 두 번째로 오두막을 가야 했다. 새들과 벌들은 일찌감치 자취를 감추었고, 유칼립투스 나무들은 미친 듯이 춤을 췄다. 먼 하늘에선 계속 마른 번개가 쳤다. 오두막에 도착하기 무섭게 빗방울이 후드득 떨어지기 시작했다.

"엄마야!"

나는 그 애가 지나의 유령인 줄 알고 소리를 질렀다. 창가 구석에 쪼그리고 앉아 있던 제인의 얼굴은 죽은 사람보다 창백했다. 제인은 소리가 나는 쪽으로 고개를 돌렸지만 우릴 제대로 쳐다보지 못했다. 그 애는 심하게 몸을 떨었고, 정신을 잃지 않으려고 안간힘을 쓰는 것처럼 보였다. 나는 도망치고 싶었지만 로즈는 겁도 없이 그 애에게 다가갔다.

"괜찮니?"

제인은 뭐라고 혼잣말을 중얼거렸다.

"뭐라고? 잘 안 들려."

"너, 너무⋯ 졸려."

제인은 기절하듯 잠들었다. 로즈가 제인의 얼굴을 짚어보더니 창가로 다가가 커튼을 찢었다.

"이걸로 이마를 닦아주고 있어. 곧 돌아올게."

로즈는 빗물에 적신 헝겊을 내게 건네고는 비가 쏟아지는 산길을 달려 내려갔다. 로즈가 돌아올 때까지 내가 무엇을 했는지 잘 기억나지 않는다. 그 애가 죽어버릴까 봐 겁을 집어먹었던 건 분명하다. 나는 숫자를 세면서 로즈가 오기만을 기다렸다. 아주 천천히 500까지 셌고, 처음부터 다시 몇 번을 셌다. 로즈는 오지 않을 거라고, 오두막에서 나가야겠다고 생각했을 때 로즈가 돌아왔다. 로즈는 빗물을 뚝뚝 떨어트리면서 가방에서 챙겨온 것을 늘어놓았다.

"저 애를 깨워야 돼."

로즈는 제인을 억지로 일으켜 약을 삼키게 했다. 그러고는 침낭을 펼쳐 그 애를 눕혔다. 제인이 다시 잠들자 로즈는 헝겊으로 그 애의 몸을 구석구석 닦았다.

"의사 선생님을 불러와야 하는 게 아닐까?"

내가 말했지만 로즈는 고개를 저었다. 제인은 잠깐 정신이 들었을 때 자기가 이곳에 있는 걸 아무에게도 말하지 말아달라고 부탁했다. 표정이 무척이나 절박해서 우리는 일단 그러겠다고 약속했다.

"내 생각엔 서커스단에서 도망친 것 같아. 못된 단장과 개들한테 쫓기고 있는 중이라고."

로즈가 말했다. 얼마 전 레드랜드 공원 옆에 임시 천막을 세우고 공연을 했던 그 서커스단이 틀림없다고 했다. 나나와 다아가 허락해주지 않아서 나는 못 갔지만 로즈와 릴리는 두 번이나 갔다 왔다.

"거기서 훌라후프 열다섯 개를 돌렸던 애랑 똑같이 생겼어.”

두 시간쯤 지난 뒤에 로즈는 제인을 깨워 또 약을 먹였다. 이번엔 럼주도 함께 주었다.

“맛은 지독해도 해열제보다 잘 듣거든.”

로즈는 릴리가 아플 때 엄마가 어떻게 했는지 정확히 알고 있었다. 로즈는 평소에도 아픈 사람이나 짐승을 돌보는 일에 관심이 많았다. 한번은 학교 가는 길에 어떤 아이가 불독개미에 물려 우는 걸 보고 집으로 돌아가 얼음을 가져오기도 했다. 덕분에 로즈와 나는 지각을 해서 심하게 혼이 났다.

폭풍우가 잦아들었다. 하늘이 맑아지는 듯하더니 금세 저녁이 되었다. 집에 돌아갈 시간이었다. 제인의 안색은 아까보다 좋아 보였다. 거칠었던 숨소리도 훨씬 부드러워졌다. 로즈는 침낭을 살피고 약병과 손전등과 통조림 몇 개를 제인 곁에 놓아두었다. 그래도 발길이 떨어지지 않는지 자꾸만 뒤를 돌아보았다.

다음 날 학교가 끝나자마자 우리는 오두막으로 달려갔다. 질 퍽한 땅 때문에 옷이 엉망이 되었지만 상관하지 않았다. 우리는 제인이 어떻게 되었는지 궁금했다.

제인은 콩 통조림을 먹고 있었다. 숟가락이 없어서 턱과 손이 빨간 토마토소스 범벅이었다. 캔이 빈 것을 보고 로즈는 도시락통에서 남은 샌드위치와 우유를 꺼냈다. 제인은 우유만 가져갔다.

"햄은 안 돼. 마리아 대모님이 동물을 죽여서 만든 음식은 먹으면 안 된다고 하셨어."

제인은 아주 작은 목소리로 말했다.

"그럼 내 거 먹어. 나나는 목요일마다 딸기잼 샌드위치를 싸 주시거든."

내가 말했다. 제인은 생쥐처럼 샌드위치를 오물거리며 대답했다.

"너희 나나가 착각하셨나 보다. 오늘은 수요일인데."

"아니야, 목요일이야. 그렇지 로즈?"

로즈가 고개를 끄덕였다.

"수요일이 아니라고? 내가 밤새 여기 있었어? 겨우 몇 시간 잔 줄 알았는데."

제인은 벌떡 일어섰다가 다시 주저앉았다.

"목요일이야. 운동장 조회도 있었고, 음악 수업도 했는걸."

"오, 아니야! 안 돼!"

제인의 눈에서 주르륵 눈물이 흘러내렸다. 우리는 당황해서 왜 그러냐고 물었다.

"헤일리 언니가 수요일 저녁 일곱 시에 클리브랜드 역에서

로즈 강

기다리겠다고 했는데. 내가 안 가서 언니가 실망했을 거야.”

“헤일리 언니도 서커스단에서 도망쳤어?”

로즈가 물었다.

“헤일리 언니가 왜 서커스단에서 도망을 쳐?”

제인이 말했다. 제인은 다시 울기 시작했다.

“진정해. 헤일리 언니는 나중에 만날 수 있을 거야. 자꾸 울면 열이 더 오르잖아. 자, 자, 그러지 말고 우리한테 이야기해봐. 어떻게 서커스단을 탈출한 거니?”

우리는 심각할 게 없었다. 제인은 회복 중이었고, 우리는 그애를 보살피고 보호해준 영웅이었다. 우리는 제인이 처한 상황을 재미난 모험쯤으로 여겼다.

“너희들 왜 자꾸 서커스 이야기를 하는 거야?”

“우리한테까지 숨길 필요 없어.”

“난 서커스단에서 도망치지 않았어. 정말이야. 마리아 대모님 앞에 맹세할 수 있어.”

“그럼… 넌 어디서 온 거니?”

제인은 손가락으로 서쪽 창문을 가리켰다. 그곳은 마을 반대 방향이었다. 벌들이 몰려오는 곳이기도 했다.

“양봉장?”

제인이 고개를 끄덕였다. 제인은 어른들이 기도회에 간 사이 몰래 그곳을 빠져나왔다고 했다. 이번 기도회는 사흘 밤낮으로 진행되는 특별 행사였다. 이 기간 동안 어른들은 큰 아이들에게 집안일을 맡기고 교회 안에서 한 발자국도 나오지 않았다. 우리는 제인이 서커스단 아이가 아니라는 데에 약간 실망했지만 양봉장도 그리 나쁘지는 않았다. 로즈와 나는 양봉장에 사는 아이를 만나본 적이 없었다. 멀리서 그 아이들이 노는 모습은 보았지만 양봉 마을 입구에 붙은 '외부인 출입 금지'라는 푯말 때문에 가까이 갈 엄두를 내지 못했다. 우리는 제인에게 궁금한 게 많았다.

제인은 4년 전 엄마와 헤일리 언니와 함께 양봉 마을로 이사 왔다고 했다. 그때 제인의 엄마는 꼬마 소피아를 임신한 상태였다.

"헤일리 언니와 나는 아빠가 달라. 꼬마 소피아도 우리랑 아빠가 다르고."

제인은 외할머니 집에 살던 시절을 그리워했다. 목소리가 크고 잔소리가 심하고 식사 때마다 엄청나게 맛있는 요리를 내놓는 할머니의 보살핌 속에서 헤일리 언니와 아무 생각 없이 뛰놀던 때였다. 제인의 엄마가 할머니와 심하게 다투고 난 뒤 그들은 할머니 집을 나와 이곳저곳을 떠돌았다. 싸구려 모텔에 묵기도 했고, 식당 옆 식품 보관고에서 지내기도 했으며, 낡고

로즈 강

더러운 그레이하운드 사육 농가에 머물기도 했다. 그레이하운드 농장은 정말로 끔찍했다. 제인은 그곳에서 경주견 미끼로 쓰이는 작은 동물들이 내지르는 비명을 매일 들어야 했다. 떠돌이 생활은 조금도 즐겁지 않았다. 온갖 위험천만한 일들이 스쳐 지나갔지만 그들은 속수무책이었다.

"엄마는 마리아 대모님이 우리를 구했다고 했어."

마리아 대모님은 그들에게 먹을 것과 머물 곳을 선뜻 내주었다. 제인은 다시 할머니 품으로 돌아온 기분이었다. 다른 게 있다면 이곳엔 제인과 어울려 놀 친구들이 훨씬 많다는 점이었다. 제인의 엄마 역시 공동체 생활에 금세 적응했다. 그녀는 자신과 비슷한 처지의 여자들로 이루어진 공동체 속에서 전에는 느껴보지 못한 안전함과 편안함을 느꼈다. 마리아는 그녀들의 수호천사였다. 그녀들의 할머니이고 어머니였다. 양봉 마을에 정착한 지 얼마 되지 않아 제인의 엄마는 소피아를 낳았다. 마리아 대모님이 줄곧 엄마 곁을 지켰다. 마리아 대모님은 모두에게 친절했지만 특히 소피아에게 애정을 쏟았다. 소피아는 누가 봐도 눈부시게 아름다운 아기였다.

"그 애가 입에 손가락을 넣고 옹알거리는 모습을 너희도 봤어야 하는데."

제인은 처음으로 미소 지었다. 하지만 언제부터였을까. 제인의 얼굴에서 웃음이 가셨다. 헤일리 언니와 엄마가 싸우기 시작했다. 둘이 말다툼하는 이유를 몰랐지만 늘 상냥했던 헤일리 언니가 혼자 우는 모습을 보고 제인은 엄마를 원망했다. 양봉 마을에 온 뒤로 엄마는 변했다. 엄마는 집안일을 두고 더 이상 헤일리 언니와 의논하지 않았다. 대신 마리아 대모님을 찾아갔다. 제인이 심한 독감에 걸려 열이 펄펄 끓고 온몸이 부었을 때도 엄마는 병원에 데려가야 한다는 언니 말을 무시하고 대모님한테 갔다. 마리아 대모님의 기도와 약초로는 열이 떨어지지 않았지만 엄마는 끝까지 그 처방만을 고집했다. 제인은 거의 한 달 만에 회복했다. 죽다 살아났다. 어쨌든 다 나았다. "기적 이야." 엄마는 제인이 나은 게 대모님 덕분이라고 말했다.

젖을 떼고 걷기 시작할 때쯤 소피아는 마리아 대모님의 집 으로 옮겨 갔다. 그 소식을 듣고 제인은 온종일 울었다. 헤일리 언니는 소피아에게 그런 짓을 하면 안 된다고 엄마를 다그쳤 다. "그만!" 엄마가 소리쳤다. "소피아는 대모님한테 선택받은 특별한 아이야. 너희 같은 게 질질 짜고 유난 떨 일이 아니라 고."

"선택받은 아이라니? 그게 무슨 뜻이야?"

로즈가 끼어들었다.

"마리아 대모님은 하나님의 일꾼으로 선택받은 특별한 분이셔. 소피아는 그런 마리아 대모님한테 선택받은 특별한 아이고.”

“선택받은 아이는 뭘 하는 건데?”

“어, 그건… 물론 마리아 대모님을 모시면서 봉사하는 거지.”

“너도 잘 모르는구나.”

제인은 그렇다고 순순히 인정했다.

“선택받은 아이들은 가족하고 떨어진 뒤 교회 옆에 있는 사택에서 지내. 제마이마도 그렇고, 엘리야도 그래. 그 애들 모습을 가끔 보기는 해도 걔들이 어떻게 지내는지 우리는 몰라.”

“그래도 너희 엄마는 소피아가 어떤지 알고 있지 않을까?”

“하지만 엄마는 아무 말도 해주지 않는걸. 엄마는 바빠. 양봉장에서 일하지 않을 땐 교회에 가 있으니까. 예배가 없는 날에도 마리아 대모님 곁에서 늘 뭔가를 하고 있고. 하지만 얼마 전에 엄마가 ‘소피아는 하나님이 내리는 고통을 잘 이겨내야할 텐데’라고 말하는 소릴 들었어. 무슨 뜻이냐고 물으니 엄마는 나한테 남의 말이나 엿듣는 못된 아이라고 화를 냈어.”

제인은 울적한 얼굴이 되었다.

“헤일리 언니마저 떠나고 이젠 나 혼자뿐이야. 다음 주가 언니 생일인데. 언니가 또 언제 연락해줄지 모르겠어. 이번에도 거의 한 달 만에 나무 구멍 속에 쪽지를 넣어놓고 간 거거든. 열여덟 번째 생일에 같이 근사한 파티를 하자고 약속했는데, 난 생일 축하한다는 말도 못 했어."

"괜찮을 거야. 언젠간 헤일리 언니랑 소피아랑 다 같이 살 수 있을지도 모르잖아."

"글쎄, 그럴 것 같지 않아. 언니는 양봉 마을로 다시는 돌아오지 않을 테고 소피아는…. 아, 맞다. 엄마가 이번 기도회가 무사히 끝나면 소피아는 마리아 대모님의 진짜 딸이 될 거라고 했어. 혹시 마실 거 있니? 말을 많이 했더니 목말라."

제인의 이야기는 흥미로웠지만 우리가 기대했던 것과는 달랐다. 우리는 학교에 다니지 않는 제인한테서 신나고 재미난 이야기를 들을 거라고 생각했다. 하지만 제인은 오히려 학교에 다니는 우리가 부럽다고 했다.

"빨래하고, 청소하고, 어린 동생들을 돌보고, 아기들 기저귀를 갈아주고…. 너희는 아가들이 얼마나 자주 똥을 싸는지 모르지? 아기들이 자는 동안엔 헌금 봉투도 만들어야 해. 그러다 보면 하루가 금방 가는걸."

제인은 물통에 든 물을 다 마시고는 천천히 일어섰다.

"가야겠어. 엘리즈랑 메건이 자기들한테 아기들을 다 맡겼다고 난리 칠 거야."

로즈 강

"만나서 반가웠어, 제인."

로즈가 말했다.

"헤일리 언니랑 네가 곧 다시 만났으면 좋겠다. 그리고 에밀리 일은 정말 안됐어. 그건 누구의 잘못도 아니라는 거 알아. 사고는 늘 벌어질 수 있는 법이라고 우리 엄마가 그랬어."

"너희가 에밀리를 알아?"

"그럼. 모든 사람들이 에밀리를 알지."

"어떻게?"

"사실은 우리가 죽은 에밀리를 맨 처음 발견했어. 크리크에서 익사 사고가 있었을 때 우리 마을에서도 난리가 났었…."

"잠깐! 에밀리가 죽었다고? 그럴 리가 없어. 에밀리는 마리아 대모님과 함께 살고 있는데. 에밀리도 특별히 선택받은, 어, 오, 맙소사!"

제인의 얼굴이 새파래졌다.

"생각해보니까 작년에 특별 기도회가 끝난 뒤로 에밀리를 보지 못했어. 너희 지금 거짓말하는 거 아니지? 오오, 그럴 순 없어!"

제인은 어제만큼 안 좋아진 상태로 양봉 마을로 돌아갔다. 그때만 해도 우리 중에서 상황을 제대로 파악한 사람은 아무도 없었다. 우린 겨우 열두 살이었고, 이상하고 복잡하게 꼬여 있는 어른들의 세계에 대해 무지했다. 제인은 에밀리가 죽었다는 사실에, 로즈와 나는 양봉장 어른들이 제인에게 아무 말도 해 주지 않았다는 사실에 충격을 받았을 뿐이었다.

그날 밤 나는 집에 돌아가 별생각 없이 잠을 잤지만 로즈는 잠들지 못했다. 로즈는 제인 때문에 마음이 아팠다. 릴리가 죽 도록 미울 때도 많았지만 그래도 동생을 잃는다면 견딜 수 없 을 것이다. 로즈는 침대에서 일어나 만세를 부르며 자는 릴리 의 머리를 쓰다듬어준 다음 부엌으로 갔다. 그러고는 식탁에서 페퍼민트 차를 홀짝이고 있던 엄마 앞에 앉아 제인 이야기를 털어놓았다. 제인의 이부 자매들에 대해서, 제인의 엄마에 대 해서, 마리아 대모님과 그녀에게 선택받은 아이들에 대해, 그 리고 에밀리의 일까지. 로즈는 오두막에서 들었던 얘기를 하나 도 빠짐없이 말했다.

"엄마, 근데 특별 기도회가 뭐 하는 거야? 그거 좀 이상해. 제인 말이 지난달에도 특별 기도회가 있었는데, 그때 이후로 제마이마를 못 봤대."

그날 새벽 양봉 마을에 경찰이 출동했다. 누군가 소리를 질 렀고, 누군가 체포되었고, 누군가는 도망갔다. 그리고 예배당에 서 꼬마 소피아가 구조되어 병원으로 실려 갔다. 소피아는 탈 진 상태로 의식이 없었고, 몸 여기저기에 멍 자국과 벌에 쏘인

자국이 있었다. 경찰은 예배당 지하실에서 어린아이의 사체 한 구를 찾았다. 제마이마였다.

마리아 대모님은 당당했다. 그녀는 신의 뜻을 행한 거라고 말했다. 그녀는 신의 뜻에 따라 취약한 여자들을 보살폈고, 아이들을 거둬들였다. 여자들은 그녀를 여왕벌처럼 믿고 따랐다. 그녀에게 가장 중요한 건 공동체를 강하고 튼튼하게 만드는 일이었다. 마리아는 여자들의 믿음을 시험하기 위해, 그리고 공동체의 미래를 위해 신의 아이들을 선택했다. 물속에서, 불구덩이에서, 벌들의 공격 속에서 견디고 살아남은 아이만이 그녀와 함께 양봉 마을을 이끌어 갈 진정한 자식이었다. 아동 학대라니, 살인이라니, 말도 안 된다. 아이들이 살고 죽는 건 모두 하나님의 뜻이다. 이를 거부하는 건 공동체를 거부하고, 구원을 거부하고, 나아가 하나님을 거부하는 것이다.

물론 마리아에게 의문을 품은 여자들도 있었다. 그런 여자들은 오래 버티지 못하고 양봉 마을을 떠났다. 헤일리 언니도 그중 한 명이었다. 마음 같아선 양봉 마을에서 멀리멀리 벗어나고 싶었지만 동생들이 마음에 걸렸다. 자신이 의심하는 일이 사실이라면 동생들이 위험했다. 헤일리 언니는 고민 끝에 경찰서를 찾아갔다. 아무도 자기 말을 믿지 않을 거라는 예상과 달리, 에밀리의 사고 경위와 부검 결과를 수상쩍어하던 형사들을 만났다. 고립된 집단의 비밀을 파헤치는 일은 고통스러울 정도로 더디게 진행되었다. 만약 그날 밤 로즈가 제인의 이야기를 엄마에게 털어놓지 않았다면, 로즈의 엄마가 경찰서에 전화를 걸지 않았다면 형사들은 때를 놓쳤을 테고, 진실은 묻혔을 것이다. 물론 로즈와 내가 이런 내막을 알게 되고 모든 상황을 꿰맞출 수 있게 된 건 시간이 꽤 흘러 성인이 된 뒤였다. 우리가 끝내 알지 못한 일은 더 많았다.

로즈와 로즈의 엄마는 꼬마 소피아의 목숨을 살렸다. 로즈는 누군가의 안타까운 사정을 마음에 품고 곱씹는 아이였고, 로즈의 엄마는 넘어진 아이를 보면 도로를 건너가서라도 괜찮은지 살펴보는 어른이었다. 로즈의 장례식에 왔던 사람 중에서 이 이야기를 아는 이가 몇이나 될지 모르겠다.

"여기 누워 있는 사람은 로즈 힐입니다." 나는 추도사에서 릴리가 한 말을 떠올렸다. "로즈 언니는 늘 로즈 언니처럼 살았습니다…."

사실은 그 말 덕분에 나는 장례식 동안 무너지지 않을 수 있었다. 로즈는 로즈였다. 그래서 빅토리아 포인트 공원에서 샌드위치를 먹다 말고 금발의 젊은 여자를 따라갔던 거다. 여자가 울고 있었기 때문에, 마스카라가 검게 번진 눈으로 잔뜩 겁을 먹은 채 도움의 손길을 찾고 있었기 때문에. 로즈는 젊은 여

로즈 강

자에게 말을 걸었다. 여자는 전 남자친구가 자신을 찾고 있다고 했다. 로즈는 괜찮을 거라고, 경찰이 도착할 때까지 옆에 있어주겠다고 말했다. 로즈는 젊은 여자와 함께 주차장으로 가다가 전 남자친구가 휘두른 칼에 맞았다. 미디어는 스토커와 피해자와 시민 영웅의 이야기를 앞다퉈 보도했다. 로즈가 들었다면 질색했을 것이다. 로즈는, 그냥 로즈였으니까. 로즈는 끝까지 로즈로 살았을 뿐이었다.

집 안에서 이틀을 보냈다. 나는 커피를 탈 때와 화장실에 갈 때만 빼고 나무 상자를 곰 인형처럼 꼭 껴안고 있었다. 로즈를 보내줄 생각이 없었다. 지금이 몇 시인지 모르겠다. 나무 상자를 내려놓고 창가로 갔다. 커튼을 걷자 무자비하게 환한 햇살이 얼굴로 날아들었다. 담벼락에 심은 릴리필리가 흔들리는 걸 보니 바람도 제법 부는 것 같았다. 로즈가 사랑했을 날씨다. 로즈는 이런 날씨가 하루를 완벽하게 만든다고 믿었다. 나는 방으로 들어가 커튼을 치고 이불을 뒤집어쓰고 잠들고 싶었다. 로즈를 생각하면서 말이다. 하지만 로즈는 이런 날 집 안에 틀어박혀 있고 싶지 않을 것이다. 그래, 로즈. 알았어. 알았다고. 나는 차 키를 집어 들고 나무 상자를 품에 안았다. 로즈의 뼈를 구성했던 원소들의 무게가 상당했다. 시드니로 돌아가기 전에 릴리가 내게 유골함을 맡긴 게 다행이었다. 난 로즈를 데리고 어디로 가야 할지 정확히 알았다.

　나는 우리가 뛰어놀던 곳으로 차를 몰았다. 꽃이 피는 들판에서 소풍 나온 것처럼 나란히 앉아 마지막으로 하늘을 보고, 새들의 노래를 들을 생각이었다. 로즈와 나는 세상 이야기를 좀 할 것이다. 즐거웠던 유년 시절의 이야기도. 예전에 같이 즐겨 부르던 노래를 흥얼거리기도 하면서. 로즈를 위한 진짜 로즈의 장례식을 치르는 것이다. 해가 져서 혼자 집으로 돌아올 땐 세상을 잃은 것 같겠지만, 괜찮다. 음, 우린 괜찮을 것이다. 우리에겐 아직 이야기가 많이 남아 있으니까.

198X 소녀의 세계

수업이 끝났다. 비 내리는 금요일 오후다. 활짝 열린 교실 창문에서 흙냄새가 올라온다. 내가 좋아하는 냄새다. 이런 날엔 설탕 넣은 우유를 홀짝거리면서 방바닥을 뒹구는 게 최곤데. 수선이 언니가 감춰 놓은 만화책을 찾는다면 더할 나위 없을 테고. 하지만 엄마가 오늘부터 개껌을 시작한다고 했으니 안방과 건넌방에 동네 아줌마들이 진을 치고 있을 것이다. 지난번 인형 눈알을 했을 때도 그랬다. 3개월 동안 집 곳곳에서 곰 인형 눈알과 아줌마들이 튀어나왔다. 엄마는 뭘 하든 오야붕이고 나는 그게 싫다. 나는 혼자 있는 게 좋다. 나는 평화와 고요를 사랑하는 사람이다. 푸른 초원에 드러누워 뜬구름을 세는 목동이 되는 게 내 꿈이다.

잽싸게 교실을 나와 복도 끝에서 신발을 갈아신고 우산을 펼쳤다. 나는 철도 건널목을 건너 동광극장으로 향했다. 오늘처럼 왁스 청소가 없는 날은 극장 앞 용선이 이모의 포장마차에 들른다. 배가 고파서 옆구리 터진 핫도그도 불평 없이 사 먹는 아이들보다 먼저 포장마차에 도착하면 옆구리 터진 핫도그를 공짜로 먹을 수 있기 때문이다. 용선이 이모는 재작년까지 우리 집 아래채에 세 들어 살다가 골목 끝에 있는 주택으로 이사 나갔다. 용선이네가 나가자마자 건넌방을 쓰던 큰언니와 둘째 언니가 아래채로 넘어갔다. 언니들이 넘어간 뒤 건넌방을 독차지하려던 막내 언니의 야무진 꿈은 나 때문에 산산이 부서졌다. 엄마가 나를 안방에서 건넌방으로 보냈기 때문이었다. 수선이 언니는 왈순이 등에 붙은 벼룩처럼 펄쩍펄쩍 뛰며 화를 내다가 엄마한테 등짝을 얻어맞고 나서 조용해졌다. 비야 더 많이 내려라. 우산을 안 가져간 언니가 쫄딱 젖을 걸 생각하니 고소하다.

중학교 3학년이 된 수선이 언니는 갈수록 꼴불견이다. 틈만 나면 나를 때리고 못살게 군다. 건넌방이 자기 것인 양 나를 윗목으로 몰아내고 책상도 혼자 차지했다. 불을 끄고 싶을 땐 불을 켜고, 불을 켜고 싶을 땐 불을 끄라고 소리친다. 라면을 끓이면 한 입만 달라고 치근덕댄다. 발 고린내는 또 어찌나 심한지 사시사철 메주 띄우는 것 같아 못 살겠다. 죽었으면 좋겠다. 죽여달라고 기도할까?

에필로그

글쎄…. 잘 모르겠다. 수선이 언니가 처음부터 나빴던 건 아니다. 언젠가 한번은 자기 세뱃돈으로 내게 호떡을 사준 적도 있었다. 물론 내 세뱃돈으로 연필깎이가 달린 예쁜 자석 필통을 사달라고 조르긴 했지만 말이다. 밤중에 내가 변소에 빠졌을 때 손을 잡아주고 수돗가로 데려가 물을 끼얹어준 사람도 바로 수선이 언니였다. 동네 애들한테 소문을 내는 바람에 그 고마움이 반으로 줄긴 했지만, 그래도 언니가 아니었다면 난 똥독이 올라 죽었을 것이다. 한동안 식구들이 나랑 같은 상에서 밥을 먹지 않으려고 할 때에도 수선이 언니는 꿋꿋이 내 옆자리를 지켰다. 언니가 왜 변한 건지, 사람이 왜 변하는지, 왜 모든 게 변해야 하는지 모르겠다. 가끔은 아무 생각 없던 어린 시절로 돌아가고 싶다.

용선이 이모가 초벌 튀긴 핫도그들을 줄 세우다가 나를 보고는 환하게 웃었다. 이모의 커다란 눈은 웃으면 반달이 되는데, 그럴 때 이모는 반할 만큼 예뻤다. 이모는 나를 위해 반죽이 잘못 붙어 우그러진 핫도그를 소쿠리에서 꺼냈다. 핫도그에 가루를 다시 묻히고 기름에 집어넣었다. 기름이 끓는 동안 이모와 나는 말없이 비 오는 도로를 내다보았다. 이모는 남의 입술을 읽을 수 있고, 또 말을 하고 싶을 땐 얼마든지 혀 짧은 소리로 말할 수도 있지만 우리는 말하지 않는다. 이모도 나처럼 평화와 고요함을 사랑하기 때문이다. 용선이 아빠도 말을 하지 못한다. 나는 고요함 속에 사는 용선이는 얼마나 행복할까 하고 부러워했다. 용선이는 나중에 커서 텔레비전을 너무 많이 보거나, 고기만 골라 먹거나, 사기그릇을 깨도 잔소리를 듣지 않겠지. 솔직히 지난주까지는 그렇게 생각했다. 그런데 말 못 하는 사람들이 늘 조용한 것은 아닌 모양이었다. 지난주 금요일에 평소처럼 공짜 핫도그를 먹고 있는데 용선이 아빠가 아기를 안고 포장마차로 나왔다. 용선이 아빠가 기저귀 갈아주는 걸 깜빡했는지 똥 냄새가 진동했다. 찜찜한 기분으로 잠에서 깬 용선이는 빽빽 울어대고, 용선이 아빠는 아기를 어르며 강아지처럼 안절부절못하고, 이모는…. 이모의 손이 쉴 새 없이 탁탁 소리를 내면서 남편을 다그치는데, 수화를 쓰는 사람이 얼마나 시끄럽고 무섭게 화를 낼 수 있는지 처음 알았다. 용선이 이모도 화를 내면 엄마만큼이나 무서워질 수 있었다. 나는 혹시 오늘도 용선이 아빠가 아기를 안고 포장마차에 나오지 않나 싶어 재빨리 주변을 둘러봤다. 다행히 보이지 않았다. 이모가 내 어깨를 콕콕 찔렀다. 나는 옷을 두 번 입고 설탕과 케첩을 묻혀 대가리가 어마어마하게 커진 핫도그를 받아 들고 포장마차를 나왔다. 비 오는 날 먹는 핫도그는 맛이 더 좋은 것 같다.

비가 그쳤다. 엿 공장 뒤로 쌍무지개가 떴다. 흥식 철물점 앞

에필로그

기름 웅덩이에도 무지개가 떴다. "학교 다녀왔습니다!" 대문을 열자 왈순이가 전투견처럼 달려들어 내 몸에서 풍기는 고소한 냄새의 정체를 찾았다. 방 안엔 역시나 아줌마들이 북적거린다. "수리 왔구나." 내 얼굴을 보자마자 학이 아줌마가 물을 가져오라고, 종수 아줌마가 엄마한테서 박스를 더 받아오라고 심부름을 시켰다. 나는 재빨리 아래채로 도망쳤다.

언니들이 없는 평일 오후의 아래채 방은 우리 집에서 유일하게 조용한 공간이다. 특히 그곳 다락은 내가 세상에서 가장 좋아하는 장소였다. 빈 선물 세트 상자나 곶감 바구니 같은 잡동사니를 치우고 나면 몸을 웅크리고 누울 정도의 공간이 생기는데, 변소 쪽으로 창이 나 있어 하늘을 볼 수도 있었다. 수선이 언니한테 맞거나 엄마한테 혼났을 때, 곗돈 때문에 동네 아줌마들 사이에 싸움이 났을 때, 나만 놔두고 언니들끼리 돈을 모아 레스토랑에 갔을 때, 소풍 날 신으려고 아껴둔 운동화를 왈순이가 잘근잘근 씹었을 때, 4학년 때 나를 괴롭혔던 짝꿍이 우유 트럭에 치어 죽었다는 소식을 들었을 때, 이유 없이 짜증나고 슬픈 날에, 나는 혼자 다락방으로 올라갔다.

쪽창 밖으로 구름 몇 점 지나간다. 하염없이 하늘을 보고 있으니 좋다. 왈순이가 짖는 소리, 퇴근한 아버지가 자전거 세우는 소리, 아줌마들이 나가는 소리, 엄마가 수돗가에서 달그락 달그락 저녁 준비하는 소리가 들린다. "수리야 두부 좀 사 와라!" 모른 척하고 가만히 있으면 이따가 수선이 언니한테 시키겠지. 근데 언니가 올 시간이 한참 지난 것 같은데. 보통은 아버지 퇴근 전에 도착해서 아귀처럼 먹을 걸 찾아대는데 말이다. 갑자기 수선이 언니가 죽었으면 어떡할까 하는 걱정이 든다. 언니도 효종이처럼 우유 트럭에 치인 건 아니겠지. 아까 언니를 죽여달라고 기도한 게 후회된다. 내 기도가 늘 이루어지는 건 아니지만 몇 번 이루어진 적이 있었다. 선영이도 자기를 돼지 꼴통이라고 부른 언니를 죽여달라고 간절히 기도했는데, 그 애 언니는 정말로 교회 수련회에서 물에 빠져 죽을 뻔했다. 수선이 언니가 죽으면 슬플 것 같다. 얼마나 슬플지 생각하니 눈물이 난다. 제발, 수선이 언니가 죽지 않게 해주세요. 제발….

"엄마, 나 왔어. 배고파!" 기도가 먹힌 건지 안 먹힌 건지 모르겠다. "가방 놓고 얼른 가서 두부 좀 사 와라!" 아무튼 다행이다.

나는 눈을 감는다. 현실의 소리들이 멀어진다. 다락방이 아닌 딴 세상에 누워 있는 것 같다. 나는 목동이 되는 상상을 한다. 기분이 좋아서 배꼽이 간질거린다. 나는 아무도 모르는 곳, 나만이 갈 수 있는 세계로 들어간다. 그곳엔 슬픔도, 비극도 없다. 맑은 하늘, 푸른 초원, 새하얀 구름, 구름만큼 하얀 양떼, 나

에필로그

무 그늘, 바람이 몰고 오는 향기로운 풀 냄새가 있을 뿐이다.

어느새 쪽창 밖 하늘이 분홍색으로 물들고 있다. 예쁘기도 하고 슬프기도 하다. 해 뜨는 하늘은 한 번도 못 봤지만 해 지는 하늘은 여러 번 봤다. 해 지는 하늘은 왜 슬픈 걸까. 양들이 푸른 초원을 떠날 시간이라서 그런가.

노을이 완전히 사라지고 저녁이 되면 슬픔 같은 건 없어진다. 나는 다시 쌩쌩해지고 내 양들도 명랑하게 메메거린다. 어둠이 오면 양들은 헛간으로 들어간다. 내 헛간은 안전하고, 따뜻하고, 양들한테서 나는 솜털 냄새로 가득하다. 나는 양을 실제로 본 적이 없지만 그 냄새를 상상할 수 있다. 할머니 집에 있는 묵은 솜이불에서 나는 냄새와 비슷하겠지. 초원의 밤은 아름답고 위험하다. 나는 양들이 무섭지 않도록 밤새 헛간에 불을 켜 놓는다. 제발…. 나는 기도한다.

아름다운 초원에서 살게 해주세요. 목동이 되게 해주세요. 양들이 내 옆에서 포근히 잠들게 해주세요. 자유롭고 평화롭게 해주세요. 나 혼자만의 방을 갖게 해주세요. 이번 생일엔 꼭 케이크를 먹을 수 있게….